10
18

12, AVENUE D'ITALIE. PARIS XIIIe

Sur l'auteur

Anne Perry, née en 1938 à Londres, est aujourd'hui célébrée dans de nombreux pays comme la « reine » du polar victorien grâce au succès de deux séries : les enquêtes de Charlotte et Thomas Pitt (dont elle a publié le vingt-cinquième titre, *Buckingham Palace Gardens*, en 2008), puis celles de William Monk, qui comptent aujourd'hui seize titres. Anne Perry s'est depuis intéressée à d'autres périodes historiques, avec notamment *À l'ombre de la guillotine*, qui a pour cadre le Paris de la Révolution française. Elle a aussi publié une ambitieuse série de cinq volumes dans laquelle elle brosse le portrait d'une famille anglaise pendant la Première Guerre mondiale. Anne Perry vit au nord d'Inverness, en Écosse.

ANNE PERRY

LA PROMESSE DE NOËL

Traduit de l'anglais
par Pascale HAAS

INÉDIT

10/18

« Grands Détectives »

dirigé par Jean-Claude Zylberstein

Titre original :
A Christmas Beginning

ISBN 978-2-264-04786-1

À tous ceux qui rêvent d'impossible.

C'était donc cela, l'île d'Anglesey… Du haut du promontoire aux rochers déchiquetés, Runcorn contemplait les montagnes de Snowdonia et le pays de Galles que l'on apercevait au-delà du détroit de Menai en se demandant pour quelle obscure raison il avait choisi de venir ici tout seul en décembre. L'air glacial était cinglant et chargé de sel. En tant que Londonien, Runcorn était habitué au fracas des voitures à cheval sur les pavés et aux lueurs des réverbères à gaz qui scintillaient dans le crépuscule. Chaque jour l'enveloppaient les voix chantantes des marchands des quatre-saisons, les cris des vendeurs de journaux, des conducteurs de coupés, de fiacres ou de fardiers, ainsi que les odeurs de crottin et de fumée.

Cette île désolée, sans doute l'endroit le plus isolé d'Angleterre, n'offrait que collines dénudées, eaux étincelantes et silence – à l'exception du vent qui gémissait dans les herbes. Le squelette noir du pont de Menai ne manquait pas de grâce, mais son élégance lui semblait pleine de froideur, et sans commune mesure avec les arches basses si familières qui enjambaient la Tamise. Derrière lui, les rares lumières qui brillaient dans la bourgade de Beaumaris ne renvoyaient à rien de semblable à l'immense ville où grouillaient les passions, les chagrins et les rêves de millions d'âmes.

La raison de sa présence à Anglesey était simple. Runcorn n'avait ni famille ni endroit particulier où passer les fêtes de Noël. Il vivait seul. Et s'il connaissait un grand nombre de gens, la plupart étaient des collègues plus que des amis. Âgé de cinquante ans, il avait gravi les échelons un à un avant d'être nommé commissaire dans la police métropolitaine, séparé désormais par un bureau des hommes auprès desquels il avait travaillé autrefois. Il n'était cependant pas un gentleman à l'instar de ceux qui occupaient le même grade. Il ne possédait pas le vernis, l'assurance, la facilité d'élocution ou la grâce de mouvement qui accompagnent le fait de ne pas avoir à se soucier de l'opinion d'autrui.

Il esquissa un sourire malgré le vent qui lui fouettait le visage. Monk, qui avait été son collègue de nombreuses années auparavant, et l'un de ses rares amis, n'était pas né gentleman lui non plus, même s'il avait toujours réussi à passer pour tel. Et si Runcorn en avait été blessé, ce n'était plus le cas à présent. Il savait que Monk était humain lui aussi, vulnérable, et qu'il lui arrivait de commettre des erreurs. Mais peut-être Runcorn lui-même était-il devenu plus sage…

La dernière affaire sur laquelle ils avaient enquêté ensemble s'était révélée difficile et, pour finir, abominable. Runcorn était las de la ville et avait plusieurs semaines de congés à prendre. Pourquoi ne pas aller les passer dans un endroit aussi différent de Londres que possible ? Loin de la routine et du prévisible, il se rafraîchirait l'esprit, s'autoriserait de longues promenades au grand air et aurait pour une fois tout loisir de s'abandonner à la réflexion.

Au sud-ouest, le soleil déclinait, projetant ses feux éclatants sur l'eau. La terre s'assombrissait à mesure que les couleurs s'estompaient tandis que le promontoire s'avançait en mauve et noir sur la mer. Seuls les sommets, dont les nervures pâles évoquaient le velours froissé, captaient les dernières lueurs du couchant.

Combien de temps le crépuscule durait-il sur l'île en hiver ? Allait-il bientôt se retrouver perdu, incapable de reconnaître son chemin pour rentrer chez sa logeuse ? Le froid était déjà mordant, et Runcorn avait les pieds engourdis à force de rester immobile. Il fit demi-tour, puis se remit en marche vers l'est et le ciel de plus en plus sombre. À quoi pouvait-il penser ? Dans son travail, il était efficace, patient, peut-être un tantinet terre à terre. Les brillantes intuitions n'étaient pas son style, mais il obtenait ce qu'il fallait. Il avait réussi bien mieux que les autres jeunes gens qui avaient commencé à la même époque que lui. À la vérité, son propre succès l'avait lui-même étonné.

Cependant, était-il heureux ?

La question était stupide – comme si le bonheur pouvait être un état permanent ! Heureux, il lui arrivait de l'être, par exemple lorsqu'une affaire se terminait et qu'il savait l'avoir menée dans les règles, lorsqu'il avait mis au jour une vérité difficile à découvrir sans permettre au doute de venir le hanter par la suite, ou que des questions pesantes demeurent sans réponses.

Il était heureux quand il s'installait au coin du feu à la fin d'une longue journée, qu'il délassait ses pieds fatigués et mangeait quelque chose de vraiment bon, comme une tourte au jambon à la croûte épaisse ou un boudin accompagné de purée. Il aimait la bonne musique, quelquefois même la musique classique, bien qu'il se refusât à l'admettre de peur d'être taxé de prétentieux. Et il adorait les chiens. Un brave chien lui arrachait toujours un sourire. Était-ce suffisant ?

Runcorn distinguait à peine la route sous ses pieds. Il repensa à l'immense pont derrière lui qui enjambait le déferlement puissant de la mer. *Quid* de l'homme qui l'avait construit ? Avait-il été heureux ? En tout cas, il avait créé une chose admirable et transformé la vie des gens pour longtemps.

Runcorn, quant à lui, avait certes démêlé quelques affaires délicates, mais avait-il créé quelque chose, ou bien se contentait-il d'emprunter les ponts érigés par d'autres ? De toute façon, où allait-il ? Rentrer et se mettre au lit, rien de plus. Ce soir-là, ce serait dans une maison qui ne lui était pas familière. La chambre ne manquait pas de confort, et il y dormirait bien, ce qui ne le changerait pas de l'ordinaire. En tout cas, il y faisait chaud, et Mrs. Owen était une femme agréable au tempérament généreux.

Le lendemain matin, le jour se leva dans une clarté glaciale, mais un timide soleil luttait à l'horizon, d'une douceur laiteuse à travers un voile nuageux, qui ne tarderait pas à se déchirer, lui assura Mrs. Owen. Une fine couche de givre poudrait le paysage ici et là, soulignant les creux le long de la pelouse qui s'étendait jusqu'au gros if.

Runcorn avala un petit déjeuner copieux et bavarda un moment avec Mrs. Owen, prenant par politesse un air intéressé lorsqu'elle lui parlait des endroits et des coutumes pittoresques de l'île. Après quoi, il sortit se promener.

Cette fois, il se dirigea vers le haut de la colline en grimpant à une allure régulière et, vers midi, quand il se retourna, ce fut pour découvrir un ciel sans nuage au-dessus de la mer paisible qui miroitait au loin.

Il s'attarda quelque temps, perdu au milieu de cette immensité, puis redescendit tranquillement. Il approchait de Beaumaris lorsque, à la sortie d'un tournant, il se retrouva nez à nez avec un homme grand et élancé d'une élégance inhabituelle malgré son gros manteau d'hiver et son chapeau. La trentaine, séduisant et rasé de près. Tous deux s'arrêtèrent et se dévisagèrent. L'homme cligna des yeux, l'air hésitant, comme si le visage de Runcorn lui rappelait quelqu'un.

Quant à Runcorn, il le reconnut à la seconde même, comme s'ils s'étaient croisés la semaine précédente. Pourtant, leur rencontre remontait à très longtemps. Ils avaient fait connaissance à l'occasion d'une affaire de suicide derrière lequel on avait soupçonné un meurtre. John Barclay vivait alors dans une maison située derrière l'écurie où le corps avait été découvert. Toutefois, ce n'était pas de Barclay que Runcorn se souvenait, mais plutôt de sa sœur, une veuve, Melisande Ewart. Alors qu'il se tenait là au milieu de cette route venteuse en plein soleil, Runcorn revit son visage aussi distinctement que si c'était elle qui se trouvait devant lui, et non son frère arrogant et si peu obligeant.

— Excusez-moi, fit Barclay d'une voix tendue, avant de s'écarter comme s'ils étaient de parfaits étrangers et de poursuivre sa route en allongeant le pas.

Runcorn avait vu à son expression qu'il l'avait reconnu, en même temps que le déplaisir qu'il en éprouvait. Melisande était-elle à Anglesey elle aussi ? Auquel cas il la verrait, ou du moins l'apercevrait. Était-elle restée la même ? Ses cheveux avaient-ils toujours la même douceur ? La façon dont elle souriait et la tristesse qui émanait de cette femme n'avaient cessé de le hanter depuis un an qu'ils s'étaient rencontrés.

Continuer à penser à elle était ridicule… Si jamais elle se souvenait de lui, ce serait comme d'un policier déterminé à accomplir son travail sans crainte et sans accorder de faveurs, mais avec un minimum de gentillesse. Le courage de cette femme, son attitude de défi à l'égard de son frère lorsqu'elle avait accepté de venir identifier le corps et de témoigner avait permis à Runcorn de boucler l'enquête. Il s'était toujours interrogé sur ce que lui avait coûté par la suite le mécontentement de Barclay. Et n'avait rien pu faire pour l'aider.

Runcorn se remit en marche, suivit la courbe que dessinait la route et arriva devant la première maison du village. Melisande séjournait-elle sur l'île elle aussi ? Sans s'en rendre compte, il accéléra le pas. Le soleil resplendissait, le givre ne formait plus que des gouttes étincelantes sur les herbes.

Comment savoir si Melisande était à Anglesey sans paraître d'une curiosité excessive ? Il lui était impossible de se renseigner en prétendant qu'ils étaient de vieilles connaissances. Runcorn n'était qu'un policier qui avait mené une enquête sur une mort suspecte. Revoir cette femme serait vain… et beaucoup trop douloureux. Il se réprimanda en se disant qu'il était idiot d'y avoir seulement pensé.

Aussi s'empressa-t-il de regagner la maison de sa logeuse, sa table rassurante et la conversation joyeuse des inconnus.

Cependant, Runcorn ne cessait de penser à Melisande. Le temps s'était quelque peu radouci et, pour la première fois, le thermomètre monta au-dessus de zéro. Alors qu'il observait des oiseaux en train de picorer par dizaines dans un champ, un paysan l'informa qu'il s'agissait de grives. Il y avait plein d'ajoncs en fleur et des coucous ici et là. Il se promena au soleil et en plein vent, essuyant des averses à une ou deux reprises, de sorte qu'au bout de deux jours il fut capable de reconnaître son chemin le long du rivage, aussi bien à l'est qu'à l'ouest de Beaumaris. Il découvrit les endroits qui devinrent ses favoris, des creux à l'abri du vent, des orchidées qui le remplirent d'un plaisir inattendu, des bassins entre les rochers où l'on trouvait d'étranges coquillages et des algues.

Le dimanche, Runcorn mit le seul costume convenable qu'il avait apporté et s'en alla assister à l'office du matin à l'église, toute proche de l'endroit où il avait croisé John Barclay. Au sommet du solide édifice en pierre percé de vitraux, une cloche carillonnait au vent, le son grave résonnant par-delà la bourgade et les champs.

Runcorn savait pourquoi il était venu là, attiré comme par un aimant. Bien que vénérer Dieu ne fût pas dans ses habitudes, il entra par la grande porte en bois sculpté tête baissée, son chapeau à la main, avec un mélange de révérence et d'espoir qui accéléra les battements de son cœur.

Dans la vieille église, le sol était dallé de pierres, et sous le haut plafond s'entrecroisaient les poutres massives et sculptées de la charpente. La lumière était voilée, les sons assourdis. Les grands vitraux aux couleurs éclatantes représentaient le chemin de croix et ce qui ressemblait à une femme suivant le Christ dans la rue avant de s'agenouiller pour toucher sa robe. Runcorn avait le vague souvenir d'une histoire de la Bible qui parlait de guérison, mais sans plus de détails.

Les paroissiens étaient déjà assis lorsqu'il se faufila à l'extrémité d'un banc. Observant les fidèles avec intérêt, il inclina la tête au moment où Barclay passa près de lui et la releva avec une pointe de dépit en constatant que Melisande n'était pas avec lui. Il n'y avait toutefois aucune raison pour qu'elle soit sur cette île à la splendeur désolée que balayaient les vents, avec sa côte sauvage, ses oiseaux et la mer rugissante. Que serait venue faire une belle femme comme elle à Anglesey ?

C'est alors qu'une autre femme très différente, âgée d'une vingtaine d'années, passa près de son banc et remonta l'allée. Elle se mouvait avec une grâce singulière, une sorte de fluidité qui donnait l'impression qu'elle ne touchait pas les dalles de ses bottines mais qu'elle marchait pieds nus dans l'herbe ou sur une plage de sable fin. Elle tenait la tête haute, et quand elle se retourna, son visage pâle s'anima d'un vague sourire, comme si elle comprenait quelque chose d'inaccessible au reste de l'assistance. Sa robe était d'un vert si sombre qu'il paraissait presque noir, et la masse de ses cheveux bruns s'échappait du chapeau qu'elle avait dû mettre à la dernière minute d'un geste désinvolte. Ses yeux étaient d'un brun de tourbe et très grands. Runcorn le remarqua, bien qu'elle ne l'eût regardé qu'un très court instant.

Elle gagna le premier rang et prit place à côté d'une femme d'environ quinze ans plus âgée qui l'accueillit avec un bref sourire chaleureux.

Soudain, Runcorn vit un homme assis quelques rangs devant lui se retourner vivement pour dévisager la jeune femme avec une intensité qui semblait déplacée dans une église. Les traits réguliers, une superbe chevelure épaisse et tirant sur le roux, il aurait pu être beau si le pincement de sa bouche ne lui avait pas donné cet air mauvais. Il n'avait pas loin de la quarantaine.

Si la jeune femme prit conscience de l'attention que l'homme lui manifestait, elle n'en laissa rien paraître ; à la vérité, elle semblait indifférente à tous ceux qui l'entouraient, à l'exception du pasteur qui venait d'arriver. D'âge mûr, celui-ci avait une pâleur d'ascète, avec un grand front et les mêmes yeux brun de tourbe que la jeune femme en vert. Presque aussitôt, l'office commença, déroulant son rituel réconfortant et familier. Le pasteur célébrait la cérémonie d'un air austère, tout en donnant l'impression d'être davantage guidé par l'habitude que concentré sur sa tâche. Runcorn commença à se demander s'il aurait un moyen de s'échapper avant le sermon sans que son départ ne se fasse trop remarquer, et arriva à la conclusion que non. Aussi décida-t-il de s'occuper en observant les fidèles.

L'homme assis plus loin devant Runcorn se retourna de nouveau vers la jeune femme. Son visage traduisait une trop grande émotion pour qu'on pût croire qu'il se contentait de l'admirer. Il devait la connaître, et un différend les opposait sans doute. À moins que l'hostilité n'ait été que de son fait à lui.

Et la jeune femme ? Runcorn ne la voyait plus car elle regardait droit devant elle, fixant son attention sur le pasteur qui venait d'entamer le sermon. Ce dernier avait pour thème l'obéissance, un sujet pour lequel on pouvait sans difficulté trouver d'innombrables références, bien qu'il ne fût pas aussi simple d'y insuffler de la vie ou de la chaleur, pas plus que d'établir un lien avec Noël, qui serait célébré dans moins de deux semaines. Runcorn s'interrogea sur les raisons qui avaient incité le pasteur à choisir un thème aussi peu approprié. Il se dit néanmoins qu'il ignorait tout des paroissiens. Peut-être étaient-ils en proie à des passions incontrôlables que l'obéissance serait à même de juguler. Le pasteur était sans doute le bon berger qui s'efforçait par tous les moyens de conduire ses brebis vers de paisibles pâturages.

Barclay regardait la jeune femme en vert lui aussi, et, l'espace d'une seconde, le désir qu'exprima son visage ne laissa place à aucune ambiguïté. Runcorn se sentit presque gêné de l'avoir surpris. Deux hommes courtisaient-ils la même femme ? Une telle chose devait se produire dans tous les villages d'Angleterre.

Comme il n'avait pas suivi de près la cérémonie, il n'avait aucune idée de ce qui avait fait se lever le vicaire. En tout cas, son expression était très différente de celle du pasteur. Alors que ce dernier paraissait studieux et discipliné, cet homme avait un côté lunatique et rêveur. Âgé de vingt ans à peine, il émanait de lui un air de vive intelligence. Il regarda la jeune femme, lui sourit, puis, comme s'il venait de commettre une offense mineure, s'empressa de détourner les yeux. Quand à son tour elle tourna légèrement la tête, Runcorn put voir sur son profil qu'elle lui rendait son sourire, non pas avec la mélancolie d'une amoureuse, mais avec la vivacité rieuse d'une amie.

Runcorn ne saurait jamais quel enchevêtrement d'émotions unissait ces gens. Il était venu à l'église parce qu'il pensait que Barclay serait là et que, aussi absurde que cela pût sembler, il aurait une chance d'apercevoir Melisande. Il aurait voulu la savoir heureuse, quelle qu'eût été la raison de la tristesse qu'il lui avait vue à Londres. L'imaginer encore confrontée aux ténèbres, de quelque nature qu'elles fussent, lui pesait tant qu'il se sentait oppressé. Où était-elle ? Il ne pouvait pas demander à Barclay si sa sœur allait bien. La réponse qu'il lui donnerait ne serait guère plus qu'une formalité. Les hommes de son espèce ne discutaient pas de la santé ou du bonheur avec des sous-fifres, or Barclay ne s'était pas privé de laisser entendre qu'il considérait Runcorn et tous les policiers comme les éboueurs de la société. Il l'avait même dit.

Les paroissiens se levèrent de nouveau pour chanter un cantique. L'organiste jouait juste, une mélodie puissante et joyeuse. Runcorn adorait chanter ; sa voix était belle et il avait de l'oreille.

Ce fut au moment où il allait se rasseoir, une ou deux secondes après la famille qui se trouvait sur sa gauche, qu'il aperçut Melisande. Elle n'était pas à côté de Barclay, mais c'était bien elle. Jamais il n'oublierait son visage, la douceur qu'il exprimait et ses yeux clairs, le rire et la douleur semblant toujours à fleur de peau.

Soudain, elle le regarda à son tour avec un air de profonde stupéfaction. Elle lui adressa un sourire, puis se retourna timidement.

Runcorn sentit son cœur s'emballer, tout se mit à tourner, et il se rassit sur le banc d'un mouvement si brusque que la femme devant lui se retourna en lui jetant un regard noir.

Melisande était là ! Et elle se souvenait de lui ! Ce sourire n'était pas de ceux que l'on adresse à un inconnu parce qu'il vous dévisage. Il y avait là bien plus que de la politesse, quelque chose de chaleureux. Il le sentait irradier en lui.

Le reste de la cérémonie se déroula pour Runcorn dans un mélange de bruit, de beauté et d'incompréhension, semblable aux taches de couleur que le soleil projetait sur les vitraux.

Ensuite, il attendit dans le calme de cette journée d'hiver lumineuse que les paroissiens sortent de l'église, bavardant les uns avec les autres, serrant la main du pasteur, allant et venant en échangeant commérages et bons vœux.

Quelqu'un vit qu'il n'était pas du village et l'invita à se présenter. Runcorn s'avança sans réfléchir à ce qu'il allait dire et se retrouva en train de serrer la main du pasteur, le révérend Arthur Costain, auquel il donna son nom sans toutefois préciser sa fonction ou son grade.

— Soyez le bienvenu à Anglesey, Mr. Runcorn ! s'exclama Costain en souriant. Comptez-vous rester parmi nous jusqu'à Noël ? Mais peut-être pouvons-nous espérer vous garder plus longtemps ?

Runcorn se décida sur-le-champ. Melisande et Barclay avaient beau connaître sa profession, lui-même ne la révélerait à personne. Non pas qu'il en eût honte, mais savoir qu'il était policier mettait mal à l'aise nombre de gens, qui du coup l'évitaient.

— Je resterai le plus longtemps possible, répondit-il. En tout cas, jusqu'au Nouvel An.

Costain sembla ravi.

— Parfait. Peut-être passerez-vous au presbytère un de ces jours. Ma femme et moi serions enchantés de mieux vous connaître.

D'un geste, il désigna la femme qui se tenait à côté de lui, celle-là même près de laquelle s'était assise la jeune femme en vert au début de l'office. De près, elle était plus intéressante que Runcorn ne l'aurait deviné. Bien qu'elle ne fût pas aussi jolie que sa jeune compagne, son visage dégageait une force inhabituelle, à la fois pleine d'humour et de patience. Runcorn la trouva aussitôt charmante et accepta l'invitation, avant de se rendre compte que le pasteur ne l'avait sans doute lancée que par politesse et de rougir de sa propre bêtise.

Mrs. Costain se porta à son secours.

— Excusez mon mari, Mr. Runcorn. Il espère toujours attirer de nouveaux paroissiens. Nous ne vous obligerons pas à rester plus longtemps qu'il ne vous plaira, je vous l'assure. Est-ce la première fois que vous venez sur notre île ?

Sa gentillesse le surprit. En tant que membre de la police, Runcorn n'était guère habitué à se voir accepter par des gens du milieu social auquel appartenait cette femme. Il avait perdu de vue Melisande dans la foule, mais il savait en revanche où était Barclay – à quelques mètres de là, en train de le regarder avec déplaisir. Combien de temps se passerait-il avant qu'il n'informe Mrs. Costain qu'il était policier ?

Cependant, Barclay ne regardait pas Runcorn ; il dévisageait la jeune femme en vert avec une telle intensité que Runcorn se dit qu'elle devait le sentir et en éprouver de l'embarras. L'expression maussade de Barclay semblait tenir à la fois du désir et de la colère, et quand l'homme aux cheveux roux qui l'avait également regardée s'approcha, l'air sévère et amer, la tension entre la jeune femme et lui devint si palpable que les autres se sentirent sur le moment mal à l'aise.

— Bonjour, Newbridge, fit Barclay d'un ton brusque.

— Bonjour, Barclay. Joli temps, n'est-ce pas ?

Tout le monde fit silence.

— Je doute qu'il se maintienne longtemps, rétorqua Barclay.

— Croyez-vous que nous aurons de la neige à Noël ? s'empressa de glisser le révérend Costain. Ce n'est que dans un peu plus d'une semaine, à présent. Ce serait formidable pour notre fête.

Barclay dressa un sourcil.

— De la neige ? répéta-t-il d'un air moqueur, comme si le mot en contenait une douzaine d'autres nettement plus aigres. Voilà qui me surprendrait !

La jeune femme en vert lui jeta un regard amusé, puis réprima un petit frisson et arrondit les épaules. Elle semblait avoir froid, alors qu'elle était chaudement habillée et qu'il n'y avait pas le moindre vent.

— Olivia ! appela Costain d'un air anxieux, cherchant, eût-on dit, à détourner son attention. Viens que je te présente à Mr. Runcorn… Mr. Runcorn, ma sœur, Miss Olivia Costain.

— Ne t'agite pas, lui souffla sa femme d'une voix douce.

Si Runcorn ne s'était pas tenu aussi près, il ne l'aurait pas entendue.

Le pasteur était à l'évidence déconcerté. Son regard passa de Barclay à Olivia, sans qu'il sût très bien quoi faire. Ses tentatives de présentations échouèrent, submergées par la tension que l'on percevait entre eux.

Barclay hocha sèchement la tête avant d'aller rejoindre Melisande, qui l'attendait sur le chemin près de l'entrée du cimetière. Runcorn le regarda s'éloigner et, à la seconde où ses yeux croisèrent ceux de Melisande, il ne vit plus personne d'autre. Newbridge le frôla en passant, rompant la magie du moment, et rejoignit Olivia afin de lui dire quelque chose. Celle-ci lui répondit d'une voix calme et légère. Ses paroles étaient courtoises, son visage presque dénué d'expression. Puis elle tourna les talons et s'en alla. À cet instant, Runcorn eut la certitude qu'elle détestait Newbridge.

Il remercia Mrs. Costain de sa gentillesse, salua les autres d'un bref regard, puis s'excusa. Il traversa le cimetière, se faufila entre les pierres tombales, les anges sculptés et les urnes funéraires, et gagna l'ombre des ifs qui se dressaient derrière. Puis il sortit par la porte du fond et rejoignit la route, l'esprit toujours aussi tourbillonnant.

Observer les gens et interpréter leurs réactions étaient la base de son métier. Enquêter consistait en bien autre chose qu'à prêter attention aux mots contenus dans une réponse. La façon dont ils étaient prononcés comptait tout autant, comme les hésitations, une inclinaison de la tête, les gestes ou l'immobilité qui trahissaient les passions sous-jacentes. Ce petit groupe de gens réuni devant l'église avait été déchiré par des émotions trop fortes pour parvenir à les maîtriser sans de gros efforts. L'air lourd picotait la peau comme avant qu'éclate un orage.

En dépit du fait qu'il ne faisait pas partie de cette assemblée, et qu'il l'avait observée avec détachement, Runcorn était une victime autant que ceux qui la composaient. Il n'était qu'un être humain, aussi vulnérable et aussi absurde. Qu'y avait-il de plus ridicule que les sentiments qu'il éprouvait pour Melisande, une femme aux yeux de laquelle il ne serait jamais autre chose qu'un fonctionnaire qu'elle avait pu épauler parce qu'elle avait eu le courage de faire ce qu'il fallait malgré la désapprobation de son frère ?

Runcorn retourna chez Mrs. Owen, sachant qu'elle lui avait préparé un repas dominical et qu'il eût été grossier de ne pas y faire honneur, mais il avait déjà l'impression que les murs épais de la maison allaient se refermer sur lui d'une façon proche de l'insupportable. Et quelle que fût sa bonne volonté, la dernière chose dont il avait envie était de faire la conversation. Mais Runcorn était un homme d'habitudes et il avait appris ce qu'il en coûtait de faire montre de mauvaises manières.

Au moins eut-il une excuse pour ne pas s'attarder. Compte tenu de la douceur exceptionnelle de ce mois de décembre, il était décidé à marcher aussi loin qu'il en aurait la force et à ne pas rentrer avant la tombée du jour. Les chemins solitaires et sauvages le long du rivage, où l'on entendait le fracas des vagues et les cris des mouettes, convenaient parfaitement à son humeur. Il se trouvait là face à une nature éternelle qui échappait à tout contrôle humain. En devenir une infime partie permettait de s'évader, dans le simple fait de percevoir les bruits, de sentir le vent sur sa peau et de contempler l'horizon jusqu'à l'infini. Le paysage, vaste et impersonnel, le réconfortait. Il y voyait une sorte de vérité.

Le lendemain, Runcorn parcourut le rivage depuis le nord de Beaumaris jusqu'à l'est de Penmon Point, d'où il admira le phare et Puffin Island que l'on distinguait au loin. Le jour suivant, il partit dans l'autre sens, dépassa le pont de Menai jusqu'à ce qu'il aperçoive les hautes tours du château de Caernarfon sur l'autre rive, surplombées par les gigantesques sommets enneigés de Snowdonia. Et le jour d'après, il se promena sans but dans les collines au-dessus de Beaumaris jusqu'à l'épuisement.

Malgré cela, il ne dormit pas bien. À sept heures du matin, il se leva, se rasa et s'habilla, puis sortit dans la lueur de l'aube hivernale. L'air était mordant, si glacial qu'il eut d'abord de la peine à respirer. Mais il y trouva aussi une sorte de plaisir pervers. L'air était transparent au point qu'il imagina qu'il pouvait voir les distances qu'il avait parcourues, les eaux sombres scintillantes et la lumière des étoiles. Plus que huit jours avant Noël... Peut-être auraient-ils finalement de la neige.

Sans s'en rendre compte, Runcorn avait dirigé ses pas vers l'église en haut de la colline. La tour massive se détachait contre le ciel. Il franchit le porche du cimetière, remonta l'allée, puis contourna les tombes, ses pas crissant sur l'herbe tapissée de givre. L'aube projetait ses pâles lueurs, laissant dans la pénombre les tombes et les anges de marbre.

Sans doute fut-ce pour cette raison qu'il faillit trébucher sur le corps avant d'avoir vu de quoi il s'agissait. Elle était allongée au pied d'une croix sculptée, sa robe blanche raidie par le gel, le visage crispé, ses cheveux bruns étalés comme un nuage formant une ombre autour d'elle. La seule note de couleur était le sang dans lequel baignait la partie inférieure de son corps, l'inondant d'écarlate dans le jour naissant.

Runcorn resta pétrifié d'horreur. Il la contempla comme s'il venait de voir une apparition. S'il attendait un peu, la vision se dissiperait. Mais alors que le froid s'infiltrait jusque dans ses os et que la lumière du jour croissait, la vision demeura tout aussi terriblement réelle. Il savait qui elle était : Olivia Costain, la jeune femme en vert qui avait remonté l'allée centrale de l'église comme si elle marchait sur l'herbe d'un pré.

Il s'avança, mit un genou à terre et lui toucha la main. La peau était gelée, les doigts repliés. Ses yeux étaient grands ouverts. Même ainsi, quelque chose de sa beauté demeurait, qui le déchira de pitié en repensant à la jeune femme qu'elle avait été.

Runcorn se pencha sur la blessure atroce qu'elle avait au ventre, le sang épais coagulé qui la recouvrait dissimulant la chair. Elle avait dû se tenir devant la tombe, le dos tourné à la croix, face à celui qui lui avait infligé cela. Elle n'avait pas cherché à fuir. En examinant le sol, il ne repéra pas d'autre trace dans l'herbe que celle que lui-même avait laissée en s'agenouillant. Rien n'indiquait qu'elle se fût débattue, aucune marque n'était visible sur ses mains, ses bras ou sa gorge. Son assassin n'avait pas pu la surprendre par-derrière, ils avaient dû se faire face. L'attaque avait certainement été aussi soudaine qu'épouvantable.

À en juger par la blessure, elle avait dû saigner abondamment et mourir très vite – en quelques minutes, espérait-il. Mais était-il possible de se tenir aussi près de quelqu'un et de lui porter un tel coup sans être soi-même éclaboussé de sang ?

Runcorn recula et, instinctivement, chercha l'arme du regard. Il ne s'attendait pas à la trouver, mais il devait s'en assurer. Il ne vit rien, ni trace rouge dans la lumière blême du jour, ni irrégularité dans l'herbe blanche de givre, seulement la trace du chemin par lequel il était venu, comme avaient dû le faire la jeune femme ainsi que son assassin avant que la rosée eût gelé.

D'ici peu, des gens passeraient dans cette allée. Il fallait qu'il trouve quelqu'un pour garder le corps et empêcher quiconque d'y toucher. Il devait prévenir la police locale. Ou tout du moins épargner à Costain de la voir dans cet état.

Qui habitait le plus près ? Le sacristain. Mais où le trouver ? Lentement, Runcorn se retourna, cherchant un autre chemin, une autre porte. Il ne vit rien. Il fit quelques pas vers l'est, mais il n'y avait là que des tombes. Accélérant le pas, il repartit en sens inverse, contourna la tour de l'église et repéra un sentier au bout duquel partait une allée. Courant et manquant plusieurs fois tomber, il se dirigea vers le mur et le petit cottage qui se trouvait derrière, niché au milieu d'un verger de pommiers. Il frappa à la porte.

Un vieil homme vint lui ouvrir, visiblement interrompu au beau milieu de son petit déjeuner.

— Êtes-vous le sacristain, monsieur ? demanda Runcorn.

— Oui, c'est moi. Puis-je vous aider ?

Runcorn lui résuma les faits et lui demanda d'aller monter la garde près du corps, puis il suivit les indications que l'homme lui donna pour se rendre chez le constable Warner qui serait encore chez lui à cette heure matinale.

Warner était en train de terminer son petit déjeuner, de sorte que sa femme hésita à le déranger, jusqu'au moment où elle vit Runcorn à la lumière de l'entrée et le choc qu'exprimait son regard. Aussitôt, sans plus rechigner, elle lui servit une tasse de thé et insista pour qu'il la boive pendant qu'il expliquait qui il était et le motif de sa visite à Warner, un homme corpulent à la voix douce âgé d'une quarantaine d'années.

— Vous devez avoir l'habitude, vous qui venez de Londres, observa le constable d'une voix enrouée, après que Runcorn lui eut décrit la scène et le peu qu'il avait pu en déduire. Je n'ai encore jamais eu à enquêter sur un meurtre, en dehors de ce qu'on appellerait une bagarre qui s'est mal terminée et a laissé un mort sur le carreau.

Son visage traduisait la peine, mais également le désarroi à mesure qu'il prenait conscience de l'énormité de la tâche qui l'attendait. Runcorn remarqua son affolement.

— Si je peux vous aider, proposa-t-il, craignant aussitôt d'avoir commis une offense en laissant entendre que la police locale n'était pas à la hauteur.

Warner déglutit.

— Il est probable qu'on va nous envoyer quelqu'un du continent, dit-il. Le commissaire principal, sans doute. Mais d'ici là, compte tenu de votre expérience, je vous serais reconnaissant si vous acceptiez de m'aider.

— Bien entendu. En premier lieu, il faut que quelqu'un aille prévenir la famille, et qu'un médecin vienne examiner le corps le plus tôt possible. Après quoi, nous pourrons transporter la victime dans un endroit convenable.

— Oui, fit Warner, l'air déconcerté. Oui, je vais m'en occuper. Pauvre pasteur…

Il se passa la main sur le front en clignant des yeux.

— Quelle chose terrible !…

Puis il posa sur Runcorn un regard rempli d'espoir.

— Ne pourrait-il pas s'agir d'un accident ? Une mauvaise chute… quelque chose dans ce genre ?

— Non, se contenta de répondre Runcorn.

Il ne s'embarrassa pas à lui fournir des détails, ni même à mentionner qu'il était absurde d'imaginer Olivia Costain se promenant toute seule la nuit dans le cimetière avec une lame assez grosse pour provoquer une blessure comme celle qu'elle avait au ventre. Elle n'avait pas trébuché, mais était tombée en arrière sous la violence de l'assaut. Et la lame demeurait introuvable.

Warner soupira en baissant les yeux, le teint blafard, mais les joues curieusement empourprées.

— Pardonnez-moi, c'est seulement que je… Sur l'île, nous n'avons pas l'habitude de ce genre d'histoires, confia-t-il, relevant soudain les yeux. Je connais Miss Olivia depuis qu'elle est… toute petite. Qui aurait pu lui faire ça ?

— À nous de le découvrir, dit simplement Runcorn. C'est là que notre travail devient difficile et désagréable, aussi importe-t-il de bien le faire.

Warner repoussa sa chaise qui racla le sol de la cuisine et se leva.

— Je vais aller prévenir le pasteur et Mrs. Costain. Pauvre femme, elle va être anéantie… C'est qu'elles étaient très proches, elle et Miss Olivia, plus comme des vraies sœurs que comme des belles-sœurs. Iriez-vous… iriez-vous chercher le Dr Trimby ? Sa maison n'est pas facile à trouver, mais ma femme va vous accompagner. Et je ferais mieux d'envoyer un message à l'inspecteur à Bangor, qui va sûrement envoyer Sir Alan Faraday de Caernarfon.

Runcorn accepta sans discuter. Quelques instants plus tard, il marchait aux côtés de Mrs. Warner qui le mena par un raccourci jusqu'à la route et s'engagea dans une enfilade de petites rues avant d'arriver devant la maison du Dr Trimby. À présent, il était presque neuf heures du matin ; le vent soufflait en rafales, les rues s'animaient, et trois ou quatre personnes attendaient déjà dans le vestibule du médecin.

Trimby ne correspondait pas à ce qu'évoquait son nom[1]. Petit, trapu, les cheveux en bataille, il portait une chemise qui aurait eu grand besoin d'être repassée et une cravate depuis longtemps passée de mode. Aucun élément de sa tenue ne s'harmonisait avec le reste. Cependant, l'attention qu'il leur accorda fut immédiate et entière. Une fois que Mrs. Warner lui eut expliqué qui était Runcorn, il écouta avec un mélange de chagrin et de totale concentration. Bien qu'il n'ait pris aucune note, Runcorn ne douta pas une seconde qu'il eût retenu les moindres détails. Son visage asymétrique était accablé de tristesse.

— Mieux vaut sans doute que vous m'emmeniez auprès d'elle, dit le médecin en se levant.

Avant de sortir, il prit sa sacoche en cuir dont les marques d'usure attestaient qu'elle avait beaucoup servi, et par tous les temps.

Ils retournèrent au cimetière, empruntant plus ou moins le chemin par lequel Runcorn était venu avec Mrs. Warner, et trouvèrent le sacristain frissonnant de froid qui montait la garde tout seul devant la tombe.

Sans lui accorder la moindre attention, Trimby posa les yeux sur le corps, et il devint si pâle que Runcorn craignit un instant qu'il ne s'évanouisse. Toutefois, non sans un pénible effort, le médecin se ressaisit, puis se pencha et

1. *Trimby* signifie fin, soigné. (*N.d.T.*)

commença à procéder à l'examen en professionnel.

Après avoir libéré le sacristain, Runcorn attendit patiemment en plein vent, de plus en plus glacé à mesure que les minutes passaient.

Trimby finit par se relever avec difficulté, les jambes si engourdies d'être resté à genoux qu'il faillit perdre l'équilibre.

— Pas plus tard que minuit, à en juger par la rigidité cadavérique, déclara-t-il d'une voix rauque avant d'être pris d'une quinte de toux. Mais le gel, le froid, l'exposition dehors, tous ces éléments accélèrent les choses… Cherchez qui l'a vue en dernier, si toutefois vous pouvez leur faire confiance. On ne… on ne saurait infliger une telle blessure sans être éclaboussé soi-même de sang. Elle ne s'est pas débattue…

Sa voix se brisa, et il lui fallut un long moment avant de se reprendre.

— Je n'ai pas grand-chose d'autre à vous dire. On ne peut rien savoir de plus. Je vais faire transporter le corps ailleurs, dans un endroit plus… décent, conclut-il en se retournant, prêt à s'en aller.

— Docteur… le rappela Runcorn.

Trimby agita la main d'un geste impatient.

— Vous en voyez autant que moi. À présent, c'est votre affaire, pas la mienne.

Et il continua de s'éloigner à pas pressés entre les tombes.

Runcorn, qui avait les jambes plus longues, le rattrapa.

— Ce n'est pas la seule chose que vous puissiez me dire, insista-t-il en réglant son pas sur celui de Trimby. Puisque vous la connaissez, parlez-moi d'elle. Qui aurait pu s'en prendre ainsi à cette jeune femme ?

— Un fou furieux ! rétorqua le médecin sans même ralentir le pas.

Runcorn le saisit par le bras et l'obligea à lui faire face – ce qui ne lui était encore jamais arrivé au cours des innombrables affaires violentes et tragiques dont il avait eu à s'occuper. Ses propres émotions le perturbaient davantage qu'il ne l'aurait imaginé.

— Non, pas un fou, riposta-t-il d'un ton brusque. Quelqu'un qui la connaissait et dont elle ne se méfiait pas. Vous le savez aussi bien que moi. Elle se tenait face à lui, elle n'était pas en train de s'enfuir et elle ne s'est pas défendue parce qu'elle ne s'attendait pas à être attaquée. Que faisait-elle ici, d'ailleurs ? Qui serait-elle venue retrouver toute seule dans un cimetière à une heure aussi tardive ?

Trimby le dévisagea d'un œil furieux, l'air sur la défensive.

— Dans quel monde vivez-vous pour ne pas considérer comme un fou un homme qui fait cela à une femme ? s'emporta-t-il, la voix tremblante.

Runcorn vit l'émotion profonde qui l'animait, la perplexité et le sentiment de vide beaucoup plus puissant que ce qu'il devait ressentir face aux morts auxquelles il était habituellement confronté. Olivia avait sans douté été sa patiente, et il l'avait connue toute sa vie. Runcorn répondit avec franchise.

— Par « fou », nous entendons quelqu'un qu'on ne connaît pas, qui agit sans raison et attaque au hasard, quelqu'un qui ne fait pas partie du monde tel que nous le comprenons. Mais là, ce n'est pas de cela qu'il s'agit, et je pense que vous le savez aussi bien que moi.

Trimby baissa les yeux.

— Si je pouvais vous dire quoi que ce soit d'autre, je le ferais, répliqua le médecin. Qui a pu commettre un tel crime… je n'en ai aucune idée, pas plus que de la raison pour laquelle c'est arrivé. C'est votre boulot de le découvrir, Dieu vous vienne en aide !

Puis Trimby tourna les talons et s'éloigna entre les tombes, laissant Runcorn seul et transi alors que se mettaient à tomber de grosses gouttes de pluie.

Runcorn passa une pénible journée à effectuer diverses démarches mineures avant de pouvoir enfin aller retrouver Warner, auquel il répéta ce que lui avait dit Trimby. À ce stade, l'examen médical confirmait ses propres déductions, mais sans rien y ajouter d'utile. Olivia Costain avait été poignardée au niveau de l'estomac avec une lame d'une certaine largeur. Le seul et unique coup porté avait sectionné l'artère, de sorte qu'elle s'était vidée de son sang en quelques minutes et s'était écroulée à l'endroit même où elle se tenait. Enfin, ainsi que Runcorn l'avait supposé, aucune blessure sur les mains, les bras ou ailleurs n'indiquait qu'elle avait cherché à se défendre.

— Elle est probablement morte avant minuit, conclut-il.

Warner avait l'air fatigué, ses yeux étaient bordés de rouge comme s'il n'avait pas dormi depuis longtemps. Ils s'installèrent autour de la table de la cuisine ainsi qu'ils l'avaient fait le matin même, et de nouveau devant une théière.

— J'ai parlé au pasteur, dit Warner d'un air malheureux. Le pauvre homme est bouleversé. Je crois que Mrs. Costain est encore plus affectée. Elles étaient très proches, toutes les deux.

— Avez-vous appris qui est la dernière personne à avoir vu Miss Costain seule ? interrogea Runcorn, soucieux de le ramener aux faits.

Il avait déjà vu des policiers profondément ébranlés par la mort. Les premières fois étaient toujours les plus dures, surtout quand la victime était particulièrement vulnérable, jeune, vieille ou sans défense. La seule aide possible consistait à se concentrer sur le peu qu'ils pouvaient faire dans l'immédiat et qui se révélerait peut-être utile par la suite.

Warner redressa la tête.

— Oh… oui. La gouvernante l'a vue sortir vers dix heures ou juste un peu après. Miss Olivia lui a dit qu'elle allait faire un tour. Apparemment ça lui arrivait souvent d'aller marcher seule, même après la nuit tombée. Elle n'est pas allée bien loin…

— Il s'est donc écoulé deux heures pendant lesquelles quelqu'un aurait pu la tuer ?

— Oui, c'est ce qu'il semble, confirma Warner. J'ai demandé à tout le monde de me préciser où il était à ce moment-là. Ce qui n'a pas servi à grand-chose. Le pasteur travaillait dans son bureau, et Mrs. Costain a lu dans la bibliothèque avant de monter se coucher, vers onze heures. Leurs voisins, qui séjournent dans la grande maison au bout de la route, sont Mr. John Barclay et sa sœur, Mrs. Ewart – une veuve, à ce qu'il paraît. Barclay était sorti rendre visite à un ami, mais étant donné qu'il est revenu tout seul et n'a pas dérangé les domestiques en rentrant, nous n'avons aucune preuve de l'endroit où il se trouvait après dix heures et demie. La dame, elle, était au lit, mais comme elle avait renvoyé sa femme de chambre, nous n'avons que sa parole, se désola Warner, de plus en plus abattu. Kelsall, le vicaire, vit seul dans un petit cottage, à deux kilomètres d'ici. Quant à Mr. Newbridge, qui faisait la cour à Miss Olivia encore tout récemment, il habite à trois kilomètres et a travaillé dans son bureau jusqu'à onze heures. Mais vu qu'il a donné congé à son serviteur après le dîner, nous n'avons que sa parole à lui aussi.

— C'est légitime, convint Runcorn à contrecœur. Moi-même, je ne pourrais pas davantage me justifier. Se promener tard par une belle soirée d'hiver est tout ce qu'il y a de normal. Comme de regarder les étoiles. On les voit bien, ici. Et la plupart des gens qui emploient des domestiques les renvoient quand il n'est pas indispensable de les garder. Quelqu'un a-t-il vu Miss Costain après ? Avez-vous entendu dire quelque chose ? Des domestiques se faisant la cour, par exemple ? Ou des voisins encore debout ?

Warner secoua la tête.

— J'ai demandé partout, Mr. Runcorn… et je ne vois rien qui puisse nous aider. Les autres voisins peuvent dire où ils étaient parce qu'ils ont des familles ou que des domestiques les ont vus. Non qu'ils aient tous bien connu Miss Olivia. Ils étaient pourtant affreusement bouleversés. Nous n'avons jamais rien eu de tel à Anglesey. C'est…

Warner se tut, incapable de trouver ses mots. Puis il secoua lentement la tête, évitant le regard de Runcorn.

— J'ai reçu un message m'informant que le commissaire arriverait demain en fin de journée.

C'est lui qui prendra le relais. Je dois avouer que je me sens soulagé. Ce n'est pas le genre d'affaire dont je sais m'occuper, Mr. Runcorn. Un cambriolage de temps à autre, une grange incendiée ou une bagarre qui tourne mal, passe encore, mais là, c'est autre chose ! Cette histoire a affolé tout le monde et elle ne cause que du chagrin. Une chance que Sir Alan se charge de l'enquête ! Mais je vous remercie de votre aide. Grâce à vous, nous allons transmettre une affaire dans laquelle tout ce qu'il était possible de faire l'aura été.

Le visage d'un gris de cendre, Warner esquissa un sourire, puis ses épaules se détendirent, comme s'il pouvait enfin se débarrasser d'une partie du fardeau qu'il avait assumé tout au long de la journée. La veille encore, il n'aurait pas imaginé vivre une telle épreuve, fût-ce dans ses pires cauchemars.

— Je suis sûr que Sir Alan tiendra à vous remercier lui-même, mais en notre nom à tous ici, je vous suis reconnaissant, Mr. Runcorn.

Les choses se passeraient ainsi, Runcorn le savait. Dans la mesure où Anglesey ne relevait pas de sa juridiction, son statut n'était pas différent de celui de n'importe quel citoyen responsable. Pourtant, bien que ce fût absurde, il se sentait déçu. Non que le travail lui manquât. L'affaire était tragique, rien dans celle-ci ne semblait évident, et il n'avait aucune idée de qui avait pu commettre ce crime et pourquoi.

Mais il voulait la voir résolue, tenait à découvrir qui avait assassiné une jeune femme aussi manifestement pleine de vie et de grâce. Et peut-être voulait-il aussi qu'on l'apprécie sur cette île où il était si proche de Melisande au lieu de se comporter en simple spectateur. Affronter la violence et la peur était l'unique chose pour laquelle il était doué. C'était là que ses talents se révélaient pleinement.

Néanmoins, le commissaire viendrait. L'affaire était trop grave pour qu'il s'en dispense. Moins de vingt-quatre heures s'étaient écoulées depuis que le crime avait été commis, mais la panique s'était déjà répandue sur l'île, une peur froide et obscure, réveillée tel le vent qui faisait vibrer les carreaux. Sauf qu'il était possible de se protéger du vent, alors que la peur s'infiltrait partout, en dépit de toutes les serrures et de tous les barreaux existants.

— Ravi de vous aider, dit posément Runcorn. Je regrette de ne pas le faire davantage.

Soudain, Warner lui tendit la main.

— Je suis content que vous soyez là, Mr. Runcorn. Très content.

Runcorn lui serra la main. Ne voyant rien de plus à ajouter, il s'en alla et se retrouva seul, la conscience d'être un étranger dans ces lieux se faisant plus vive, tandis qu'il descendait la pente vers la maison de Mrs. Owen et une nouvelle nuit avant une autre journée vide.

Cependant, malgré ses résolutions, Runcorn retourna chez Warner en début de soirée et passa devant le champ où les grives continuaient à s'activer. Il avait soif d'informations, même s'il savait que c'était ridicule puisqu'ils ne pourraient rien lui dire. Cette affaire n'était plus de son ressort ; il ne vivait pas sur l'île. Se le rappeler lui fut pénible, le vide intérieur qu'il ressentait, le besoin croissant d'obtenir autre chose que ce qu'il n'avait l'assaillirent.

Alors qu'il passait devant l'entrée du cimetière, le souvenir et le chagrin l'envahirent de plus belle, le froid lui parut plus cruel. Il fut surpris d'apercevoir John Barclay devant lui, marchant aux côtés d'un homme d'une taille sensiblement égale à la sienne, aux cheveux blonds et épais qui allait tête nue malgré le vent. Son allure avait quelque chose de martial, et, même à cette distance, Runcorn remarqua la coupe élégante de ses vêtements. Ce devait être Sir Alan Faraday, le commissaire. Mais pourquoi parlait-il avec Barclay de façon aussi familière, comme s'ils étaient de très vieux amis ?

Runcorn se figea, et la soudaineté de son geste dut attirer l'attention de Barclay, car celui-ci posa la main sur le bras de Faraday pour lui dire quelque chose, puis tous les deux se dirigèrent vers Runcorn. Barclay s'avança le premier, l'air vaguement menaçant.

Runcorn demeura immobile.

— Bonsoir ! dit Barclay d'une voix forte, comme s'ils étaient encore à plusieurs mètres l'un de l'autre. Runcorn, c'est bien cela ?

— Bonsoir, Mr. Barclay, répondit Runcorn, toujours sans bouger.

De près, l'autre homme avait belle allure, son regard était direct et d'un bleu remarquable.

— Voici le collègue de Londres dont je vous parlais, lui dit Barclay. Runcorn nous a donné un coup de main avant votre arrivée. Sir Alan Faraday, commissaire principal du comté, ajouta-t-il en se tournant vers Runcorn. L'affaire est désormais entre ses mains. Une affaire très difficile, en effet. Qui, à mon avis, exige qu'on lui accorde la plus grande attention, avant que l'horreur qui s'y attache ne sème la peur et le trouble dans la population. Nous vous sommes toutefois reconnaissants de l'aide que vous nous avez apportée.

— Absolument, acquiesça Faraday, qui l'observait avec circonspection. C'est très aimable à vous d'être intervenu de manière aussi professionnelle. Vous avez laissé toutes les preuves en place à notre intention, m'a-t-on dit. Une très vilaine affaire, qui terrifie les gens. Il semblerait que nous ayons un fou sur cette île. Nous allons devoir faire tout notre possible pour les rassurer et veiller à ce que la panique ne s'installe pas.

Runcorn ne trouva pas comment répondre avec affabilité et sans laisser trahir ses émotions.

C'était dans des moments comme celui-là qu'il regrettait de ne pas avoir plus de brio, de ne pas posséder l'aplomb d'un gentleman sûr de son droit, que les autres devaient reconnaître. Au lieu de quoi, il se sentait comme un fidèle serviteur qu'on congédiait pour la nuit. Et pourtant, montrer du dépit le ferait paraître ridicule…

Mais ridicule, il l'était. Il se sentait blessé, humilié. Monk aurait su se comporter de telle sorte que c'eût été Faraday et Barclay qui se seraient sentis ridicules. Mais Runcorn n'était pas Monk, bien parler n'était pas son fort. Surtout, il n'avait ni sa grâce ni son élégance.

— Vous pouvez compter sur moi pour vous apporter toute l'aide dont je serai capable, Sir Alan, répliqua-t-il.

Il avait l'impression de parler comme un domestique quémandant son approbation.

Faraday opina du chef.

— C'est aimable à vous, dit-il simplement. Nous devrions parvenir à retrouver assez vite le coupable. L'île est peu étendue. Et ce sont des gens bien. Il n'empêche que, juste avant Noël, c'est une tragédie épouvantable.

Barclay se tourna vers Faraday.

— J'aimerais dire un mot à Runcorn, si vous permettez. Je vous retrouve au presbytère dans un instant.

Le commissaire salua Runcorn d'un bref hochement de tête. Et, en quelques secondes, il se retrouva à une cinquantaine de mètres d'eux, marchant avec l'aisance d'un homme habitué à parcourir sans difficulté de longues distances.

— Un brave homme, observa Barclay d'un air satisfait. Un ancien militaire. Il va démêler cette affaire, apaiser les esprits et nous ramener à une vie normale. Il n'y a rien à faire contre le souvenir et le sentiment de vide, personne ne le pourrait. Vous n'êtes plus d'aucune aide, Runcorn. Ces gens ne sont pas les vôtres, ils n'appartiennent pas au milieu dans lequel vous avez l'habitude d'évoluer. Je suis convaincu que vous souhaitez bien faire, mais vous ne seriez pas à même de les comprendre, ni eux ni leurs manières.

Runcorn voulut répliquer, mais tout ce qui lui vint à l'esprit lui fit l'effet de chercher à se défendre. Il resta planté là en silence dans le vent, submergé par la tristesse du cimetière, la réalité de la mort et du deuil. Il ne fallait pas qu'il accorde la moindre attention à ses propres sentiments.

— Du moment que vous découvrez qui a tué Miss Costain, qui vous vient en aide n'a que peu d'importance, rétorqua-t-il.

— Mon cher, bien sûr que ça a de l'importance ! s'emporta Barclay.

Un sourire figé découvrait sa dentition parfaite.

— Nous ne pouvons rien pour les morts, mais les sentiments des vivants comptent beaucoup.

Notre attitude peut faire une énorme différence par rapport à leur peur, au sentiment qu'ils ont du danger et du désordre. Mais ce que je voulais vous dire sans que Faraday soit présent, c'est que c'est un excellent homme et qu'il va très bientôt se fiancer avec ma sœur, Mrs. Ewart, laquelle, vous vous le rappelez sans doute, est veuve.

Il ne le quittait pas des yeux.

— C'est une alliance des plus heureuses, poursuivit-il, qui lui apportera tout ce qu'elle souhaite. Dois-je vous préciser qu'il serait regrettable que vous mentionniez votre implication professionnelle à Londres par le passé, fût-ce de façon innocente ? L'évoquer ne ferait que soulever des questions et exiger des explications qu'il serait plus sage de laisser de côté. Aussi vous prierai-je de ne pas vous imposer auprès de quiconque en laissant entendre que vous vous êtes connus par le passé, aussi superficiellement que cela ait été.

Runcorn eut l'impression de recevoir une gifle d'une telle violence qu'il en eut le souffle coupé. Il reprit sa respiration et ne trouva rien à répondre qui pût panser sa blessure.

— Je savais que vous le comprendriez, enchaîna Barclay avec insouciance. J'espère que cette vilaine affaire se terminera plus vite que vous n'avez réussi à le faire la dernière fois. Quel gâchis ! Néanmoins, celle-ci semble plus claire. Je vous remercie. Bonsoir.

Et, sans attendre que Runcorn ait trouvé quoi lui dire, il s'en alla rejoindre Faraday.

Les deux jours suivants se passèrent dans le mécontentement et la confusion. Faraday avait repris les choses là où Runcorn les avait laissées, assisté par Warner, qui n'avait pas d'autre choix. La position de ce dernier rappelait à Runcorn la sienne à l'époque où Monk travaillait à la police métropolitaine avec lui, il y avait des années de cela. Monk était toujours plus habile, toujours très sûr de lui, du moins en apparence. Runcorn ne savait alors encore rien des fantômes et des démons qui le hantaient, aveugle au fait que la dureté et l'assurance de Monk n'étaient qu'un masque derrière lequel il se protégeait. Mais si Faraday possédait un tant soit peu de la complexité de Monk, Runcorn n'en distinguait aucune trace sur son visage lisse, pas plus qu'il ne percevait de vulnérabilité dans son regard, ou l'agilité d'esprit qui lui aurait permis de comprendre les choses plus vite que d'autres.

Faraday aurait-il eu au moins le talent de Monk, Runcorn en aurait été content. Toute rivalité personnelle mise à part, il était essentiel qu'ils découvrent qui avait tué Olivia Costain. Et il se rendait compte avec un écœurement croissant qu'ils devaient aussi empêcher l'assassin de tuer une deuxième personne susceptible de le menacer d'une quelconque manière. Ses pensées se tournèrent aussitôt vers une autre femme unique et adorable – Melisande. Là résidait sa plus grande crainte et, pour cela, Runcorn était prêt à sacrifier toute dignité ou fierté personnelles, toute ambition.

Cependant, deux autres jours s'écoulèrent, et, à sa connaissance, comme à celle de la très affolée Mrs. Owen, l'enquête n'avait en rien progressé. On était maintenant à moins d'une semaine de Noël. Les réceptions étaient annulées. Dès qu'ils le pouvaient, les gens se terraient chez eux. À la nuit tombée, les rues étaient désertes, bien qu'il n'y eût pas encore de neige et que le vent ne fût ni plus fort ni plus froid que les jours précédents. En catimini, on parlait de folie, ou même de quelque chose de moins qu'humain, d'une créature jaillie des ténèbres qu'il fallait anéantir avant que la lumière de Noël et l'espoir ne reviennent éclairer le monde.

Un peu avant midi, Runcorn croisa Trimby dans la rue, la mise toujours aussi négligée. Il marchait à grands pas, les pans de sa redingote volant derrière lui, sans chapeau et les cheveux flottant telle une bannière au vent. Il passa son chemin sans dire un mot, abîmé dans ses propres pensées.

Runcorn n'y tenait plus. Il se rendit au presbytère, où il savait que serait Faraday, et le trouva en train de s'adresser à des écrivains et des journalistes de l'île, ainsi qu'à d'autres venus du pays de Galles, de villes aussi lointaines que Denbigh ou Harlech.

Lorsqu'un homme de plus se faufila dans le salon déjà noir de monde, personne n'y prêta attention. Runcorn resta en retrait au fond de la pièce et écouta Faraday faire de son mieux pour dissiper la peur que soulevait chaque nouvelle question. Quel genre de fou se promenait dans la nature ? Avait-on vu quelqu'un s'enfuir ? Quand ? Où ? Et qui ? Était-il possible qu'un habitant de l'île ait donné refuge à une pareille créature ? Le pasteur avait-il une idée ? Pourquoi Olivia Costain avait-elle été victime de ce meurtre ?

Faraday continua à s'efforcer d'apaiser les craintes. À la fin, il répondit d'un ton si catégorique qu'Olivia était une jeune femme exemplaire, connue et aimée de la communauté, et à la réputation irréprochable, que sa véhémence même finit par éveiller des doutes.

Un peu plus tard, lorsque Runcorn lui parla en tête à tête, ce qu'il lui dit ne fit que renforcer cette impression. Ils se tenaient dans la pièce que Costain avait mise à la disposition de Faraday, un bureau confortable où flambait un bon feu, et dont les murs étaient tapissés de livres et encombrés d'un curieux fatras de tableaux, de caricatures et de dessins. Plusieurs journaux étaient étalés sur la table, à côté d'une plume et d'un encrier.

— Merci d'être venu, lui dit Faraday d'un ton brusque. Puisque vous êtes là, autant que je vous demande si vous n'avez pas quelque chose à ajouter. Vous semblez vous intéresser beaucoup à cette affaire.

La tournure de sa phrase manquait de grâce, mais il réclamait son aide.

— Il ne s'agit pas d'un fou, déclara Runcorn d'un air grave. Et vous le savez. Tout tend à prouver qu'il s'agit de quelqu'un que Miss Costain connaissait.

Runcorn resta debout, trop en colère pour s'asseoir, bien que, à la vérité, on ne l'y ait pas invité.

— Non, admit Faraday à contrecœur. Du moins, je suis conscient qu'elle connaissait son meurtrier, mais je ne pense pas qu'il serait sage de le dire. J'espère que vous aurez la décence de ne pas parler de façon irresponsable, insista-t-il en regardant Runcorn dans les yeux. Cela ne ferait qu'accroître la peur déjà présente. Tant que les gens pensent qu'il s'agit d'une personne qu'ils ne connaissent pas, ils ne s'en prennent pas les uns aux autres.

Le commissaire semblait soucieux que Runcorn le comprenne bien.

— Il y a ici un sentiment d'unité, une volonté d'aider, poursuivit Faraday. Raison pour laquelle je ne dis pas que Miss Costain était une jeune femme difficile, avec certaines idées très discutables, voire dangereuses. Le pauvre Costain a eu son lot d'ennuis avec elle ! Apparemment, elle ne voulait pas s'établir. Elle a refusé plusieurs excellentes demandes en mariage, et il semblerait qu'elle n'ait pas été prête à devenir adulte et à accepter de tenir son rôle dans la société. Elle attendait de son frère qu'il la garde indéfiniment chez lui, tandis qu'elle passerait d'un rêve insensé à un autre. La question de sa vertu n'avait pas encore été abordée ouvertement, mais ce n'était qu'une question de temps avant que cela n'arrive, ce qui est déjà difficile pour n'importe qui, mais plus encore quand on exerce la profession de pasteur.

Les pensées se bousculaient dans la tête de Runcorn – le souvenir d'Olivia remontant l'allée de l'église avec la même grâce insouciante qu'elle aurait pu avoir sur une plage, l'écume des vagues se brisant autour d'elle, le vent de la mer soufflant sur son visage. Pourquoi aurait-elle dû se marier afin de se conformer à la vie sociale ou religieuse de son frère ? Tout à coup, Runcorn se rendit compte qu'il pensait en réalité à Melisande, laquelle s'apprêtait à épouser Faraday pour satisfaire à l'ambition de Barclay et le libérer de sa responsabilité envers elle.

Il observa Faraday, raide comme un « i », séduisant, sans une once d'imagination et très à son aise. Aimait-il Melisande ? L'adorait-il, voyait-il en elle un courage et une grâce uniques ? En tout cas, elle possédait assez de volonté pour faire fi des conventions et risquer sa propre sécurité en témoignant d'un crime, comme elle l'avait fait à Londres lorsque Monk et Runcorn étaient à la recherche d'un dangereux assassin. Faraday tenait-il à tout prix à ce qu'elle soit heureuse, à ce qu'elle n'agisse que par conviction au lieu que sa conduite lui soit dictée par le sentiment du devoir ? Ou bien ne représentait-elle à ses yeux qu'une épouse charmante et fort convenable, dont il n'aurait jamais à se soucier ni à avoir honte, une femme qui conviendrait à ses ambitions sociales et politiques ?

C'était ce que Barclay voulait pour sa sœur, qu'elle ne manque jamais de rien de ce que les conventions établissaient pour nécessaire, qu'on la respecte, et même qu'on l'envie, qu'elle soit à l'abri du besoin pour le restant de sa vie. Peut-être était-ce beaucoup plus que ne pouvaient espérer la plupart des femmes. Pourtant, Runcorn, qui n'avait que son admiration à lui offrir, était furieux. Il voulait bien plus que cela pour Melisande.

Ce qui, venant de lui, n'était en fin de compte que de l'impertinence et de l'arrogance. Peut-être Melisande était-elle réaliste et un tel mariage lui paraissait-il acceptable.

Runcorn termina sa conversation avec Faraday sans trop se rendre compte de ce qu'il disait, sinon qu'à la fin il repartit sans en savoir guère plus qu'à son arrivée. La peur et la confusion régnaient partout et, pour l'instant, Faraday ignorait comment y remédier. La connaissance qu'il avait des hommes et des événements, tout comme son autorité effective, ne s'étendait pas à ce genre de choses.

Le lendemain matin, Runcorn sortit faire une promenade solitaire. Il longea le rivage sud de l'île où se succédaient rochers et bandes de sable en surveillant constamment la marée, conscient de ses dangers. La mer, à la fois nourricière et destructrice, était sans pitié. Il l'avait lu quelque part. Et tandis qu'il contemplait sa surface changeante, sa puissance aveugle, sa beauté et sa tromperie, il le croyait volontiers.

Il marcha jusqu'à ce qu'il aperçoive les tours de Caernarfon de l'autre côté du détroit, puis il se reposa un moment et repartit sous des averses, le vent le poussant dans le dos. Il se sentait épuisé, et il était déjà tard lorsque, d'instinct, ses pas le ramenèrent vers le cimetière. Runcorn savait pourquoi : Barclay et Melisande séjournaient dans la grande maison située de l'autre côté du parvis. S'il y avait un endroit où il avait une chance de l'apercevoir, c'était bien là.

Un quart d'heure plus tard, tandis qu'il observait la lumière décliner sur les collines, il entendit la voix de Melisande derrière lui. Elle s'était approchée sans faire aucun bruit.

— Mr. Runcorn ?

Il se retourna d'un mouvement brusque, la respiration coupée. Il eut de la peine à lui répondre. Melisande portait une robe noire sur laquelle elle avait jeté une cape à capuchon pour se protéger du vent. Les lueurs ambrées des derniers rayons de soleil caressaient son visage, soulignant ses pommettes et la ligne délicate de son menton. Il n'avait jamais vu un être d'une telle beauté, un être aussi capable d'espérer, d'aimer et d'être blessé.

— Bonsoir, Mrs. Ewart, dit Runcorn d'une voix rauque.

— Je suis heureuse que vous soyez là. Sir Alan est un brave homme, et John a sans doute eu raison de le faire venir… mais je ne crois pas qu'il ait l'expérience de… d'un crime comme celui-ci pour parvenir à découvrir assez vite ce qui s'est passé et qui est le coupable.

Devait-il la rassurer ? Il devinait la peur dans ses yeux. Elle avait raison : Faraday n'avait aucune idée de la façon dont il fallait enquêter sur un meurtre. Ce n'était pas vraiment ce à quoi un commissaire principal passait son temps. Il avait accepté parce que Melisande était là, et sans doute parce que le crime avait déclenché une telle terreur sur l'île que les gens n'étaient pas loin de céder à la panique. La brutalité de ce crime était une chose qu'ils n'avaient encore jamais connue.

Devait-il lui mentir ?

— Assez vite ? répéta Runcorn. Craignez-vous qu'un autre crime ne se produise ?

Pourquoi lui avait-il posé cette question ? L'idée n'avait rien de rassurant…

— Pas vous ? s'enquit doucement Melisande. Vous savez comment c'est… Est-ce que quelqu'un agit comme cela une fois pour s'arrêter ensuite ? Est-ce que le coupable ne tentera pas de se défendre, si on se rapproche de lui, si on semble sur le point de le démasquer ?

Runcorn frissonna malgré lui. La peur qu'éprouvait Melisande le glaçait plus intensément que le vent du soir. Elle avait raison, la seule garantie pour l'assassin était d'agir avec célérité, de frapper avant que la victime ne voie d'où venait le coup et de frapper à mort. Il désirait par-dessus tout la protéger, mais il n'avait là aucune fonction, aucune place.

— Vous ne croyez pas ? insista Melisande. Vous ai-je mis dans une position impossible ? fit-elle en détournant le regard. Je crains que nous ne soyons complètement perdus. Sir Alan parle comme s'il s'agissait d'une bête surgie au hasard des profondeurs de l'île ou de collines inaccessibles…

Tout à coup, elle se tut et se mordit la lèvre, redoutant d'énoncer plus avant ce qui occupait son esprit.

Runcorn le formula à sa place.

— Mais vous pensez que cette bête est en quelqu'un qui se trouve ici, dans ces maisons et ces rues que l'on croit connaître ?

Melisande écarquilla les yeux, et une lueur chaleureuse passa dans son regard, une sorte de soulagement.

— Ce n'est pas votre avis ? Je vous en prie, Mr. Runcorn, soyez franc avec moi. Cette histoire est trop épouvantable pour que nous nous racontions des mensonges sous prétexte que c'est plus facile. Olivia mérite mieux, et pour notre propre salut, nous ne pouvons pas nous permettre de continuer à regarder ailleurs.

Pourquoi pensait-elle cela ? Elle n'avait pas vu le corps de la victime comme lui. Qu'avait-elle entendu ou deviné pour s'exprimer ainsi ? De qui avait-elle peur ? Savait-elle qui était le coupable ? Avait-elle des soupçons ? Elle connaissait le révérend Costain et sa femme, et, naturellement, son frère, Barclay. En outre, dans la mesure où une grande affection l'avait liée à Olivia, il était possible que celle-ci lui ait confié quelque chose sur Newbridge, ou sur le vicaire Kelsall. Redoutait-elle que l'enquête ne révèle des choses indignes sur l'un d'eux… sur eux tous ?

Chacun avait dans sa vie des actes et des blessures dont il avait honte, des secrets qu'il voulait protéger à tout prix. Quelqu'un pourrait même commettre une folie dans le but de défendre la mémoire d'Olivia Costain. Le chagrin était parfois à l'origine d'actes violents imprévisibles, y compris chez les personnes les plus affligées. Tantôt il renforce l'amour, tantôt il le brise.

— Avez-vous fait part de vos craintes à Sir Alan ? demanda Runcorn, s'en voulant déjà d'avoir prononcé son nom.

Melisande secoua vaguement la tête.

— Non. Je pense qu'il a suffisamment de souci entre la peur qui grandit parmi les gens et l'exigence qu'ils ont qu'on les aide et qu'on leur apporte une solution. Personne ne peut simplement la… fournir parce qu'il le faut. Nous ne sommes pas des enfants dont il est possible d'apaiser les craintes. Il s'est passé quelque chose d'abominable, et Alan ne peut ni le réparer ni apporter les réponses que nous souhaitons. Sans doute, personne ne le peut, ajouta-t-elle avec un air de désarroi empreint de pitié.

Runcorn se demanda si elle voulait dire par là qu'ils devaient tous supporter cette situation parce qu'il n'y avait pas d'autre moyen et qu'il était injuste d'en espérer un. Défendait-elle Faraday ? Ou voulait-elle dire qu'il n'était pas capable d'assumer sa tâche ? Ou bien les deux ? Runcorn s'efforça de lire dans son regard, mais il faisait trop sombre pour qu'il le distingue vraiment et, d'ailleurs, il ne comprenait pas.

Il savait que Melisande avait peur, mais seul un idiot n'aurait pas été dans ce cas. Quelle que fût la vérité, la souffrance serait inévitable. Ils ne se remettraient jamais des choses qu'ils entendraient sur les uns et les autres, les points faibles, les secrets que la vie ordinaire aurait laissés dans l'ombre par décence. Le crime balayait tout cela.

Aimait-elle Faraday ? Ce qu'il y avait de malheureux et de pitoyable dans tout cela, c'était qu'il n'était pas nécessaire d'être parfait pour être aimé, ni même d'être particulièrement bon. L'amour était un don, une grâce. Lui-même n'en avait jamais fait l'expérience. Il était maladroit, dur et ne savait jamais comment réagir.

Il aurait voulu dire à Melisande quelque chose qui la rassurerait, qui l'aiderait au cours des prochains jours et lui éviterait de souffrir, mais il ne pouvait que se cantonner à la vérité. Il voulait certes la protéger, et avant tout du danger actuel. Il aurait été tout à fait à même de le faire, sauf que l'île ne faisait pas partie de sa juridiction. Il n'avait pas plus d'autorité que le facteur ou le marchand de poisson – voire moins, dans la mesure où il était étranger…

— Mr. Runcorn…

— Oui ?

— C'est vous qui avez découvert le corps d'Olivia, n'est-ce pas ?

Ce n'était pas vraiment une question. Elle allait dire autre chose.

— Oui, confirma Runcorn.

Le regret perçait dans sa voix.

— Pensez-vous qu'Olivia a été tuée par un fou, par quelqu'un qu'aucun d'entre nous ne connaît ?

Il hésita.

— Je vous en prie, le pressa Melisande. Nous n'avons pas de temps pour des mensonges confortables. Ne me traitez pas comme si j'étais stupide. Olivia était mon amie. J'avais une grande affection pour elle, bien que je ne l'aie connue que très peu de temps. Nous… nous avions beaucoup de choses en commun. Je tiens à savoir la vérité, or Alan se refuse à me la dire.

— Eh bien…

Runcorn n'alla pas plus loin. Melisande l'invitait à lui confier une chose que l'homme qu'elle allait épouser avait dédaigné de lui révéler.

— Votre silence est éloquent ! lança-t-elle en se détournant.

La déception qu'il perçut dans sa voix lui fut insupportable.

— Non, il s'agit de quelqu'un qu'elle connaissait, admit Runcorn. Olivia lui faisait face, et elle n'a pas cherché à fuir.

Melisande le regarda de nouveau, l'air accablée de chagrin.

— Pauvre Olivia… Peut-on imaginer une mort plus atroce ? Je voudrais vous demander si elle a beaucoup souffert, mais je ne suis pas certaine de pouvoir supporter la réponse.

— Non, s'empressa de préciser Runcorn. Quelques minutes tout au plus.

— Merci, dit Melisande avec douceur. Je suis désolée de… Mr. Runcorn, est-ce que vous allez nous aider ? Je ne pense pas que nous soyons capables d'élucider cette histoire. Nous ne sommes pas habitués à un tel… inconfort de l'esprit, à ces sentiments de peur et de douleur qui vous envahissent quand on ne sait pas quoi faire.

Il en resta stupéfait, et pourtant, c'était exactement ce qu'il avait voulu : aider ! Melisande se doutait-elle de ce qu'elle lui réclamait ? Sur l'île, il ne jouissait d'aucune autorité, d'aucun droit. Faraday en prendrait ombrage. Barclay serait furieux. Il fallait qu'il la prévienne, qu'il lui explique pour quelles raisons il avait les mains liées. Au lieu de quoi, il s'entendit répondre :

— Oui, bien entendu.

— Merci, dit-elle, un très léger sourire venant adoucir l'expression tendue de son visage. Je vous en suis reconnaissante. Mais je n'aurais pas dû vous obliger à rester si longtemps dans ce froid… Bonsoir, Mr. Runcorn.

Et à pas lents, avec une grâce infinie, elle s'éloigna.

Runcorn était trop submergé d'émotions pour répondre. Il resta figé, à frissonner en plein vent jusqu'à ce que sa silhouette ait disparu dans l'ombre. Alors il se retourna et repartit chez Mrs. Owen.

Le mieux était de commencer par aller voir le constable Warner.

Le lendemain, Runcorn arriva dans la cuisine du policier à huit heures du matin. Il s'était levé alors qu'il faisait encore nuit et avait gravi la pente de manière à être là au moment où Warner allumerait chez lui.

— On fait tout notre possible, dit le constable.

Il proposa à Runcorn une tasse de thé brûlant qu'il accepta avec joie. Il faisait un froid mordant, et le vent pénétrant qui soufflait de l'est charriait des averses de neige fondue.

— Difficile de savoir ce qu'on va faire maintenant, enchaîna le policier, qui se pencha et ouvrit la porte du poêle afin de chauffer la cuisine. Du porridge ?

— Volontiers.

Runcorn était sorti trop tôt pour demander à Mrs. Owen de lui préparer un petit déjeuner et, d'ailleurs, il n'y avait même pas pensé.

— Je me sens impuissant, avoua Warner, l'air malheureux.

Runcorn devina qu'il lui faisait comprendre de façon détournée que Faraday n'avait en rien progressé et qu'il ne savait sans doute plus comment s'y prendre. Le commissaire s'était lui-même piégé en partant du principe qu'il avait affaire à un fou. Et il était facile de comprendre pourquoi, compte tenu de la brutalité du crime et de l'horreur que celui-ci avait éveillée chez tout un chacun, autant dans la famille de la victime qu'en dehors. La petite ville s'était retrouvée sous le choc, comme si leur vie à tous avait été d'un seul coup assombrie. Quelque chose avait été irrémédiablement détruit.

Warner était trop loyal pour admettre ouvertement que Faraday piétinait ; il évita même de regarder Runcorn dans les yeux lorsqu'il chercha ses mots, mais c'était bien ce qu'il voulait dire.

— Il va falloir qu'il admette que le coupable est quelqu'un que Miss Costain connaissait, reprit Warner, tout en finissant de mélanger le porridge. Personne n'a envie de le croire, mais on ne peut pas faire autrement. À partir de là, il nous sera possible de poser les questions qui nous conduiront à la vérité, conclut-il avec plus d'assurance qu'il ne devait en ressentir.

Warner répartit le porridge dans deux bols qu'il posa sur la table, ainsi que du lait, des cuillers, du sel et du sucre.

— Reste à savoir quel genre de questions, ajouta-t-il.

Cette fois, il regarda Runcorn droit dans les yeux, cessant de faire semblant de ne pas réclamer son aide.

Tandis qu'ils commençaient à manger, Runcorn réfléchit avec soin à ce qu'il allait répondre. Le porridge était épais, bien lisse, et plus il en mangeait, plus il le trouvait délicieux. Quoi dire pour être honnête et en même temps faire preuve de tact ? Cependant, à ce stade, le tact avait-il une quelconque importance ? La situation n'était-elle pas suffisamment critique et périlleuse pour que seule la vérité se révèle utile ? S'il reprenait cette enquête à la suite d'un autre, que ferait-il ? Serait-il capable de maîtriser la situation ?

Warner attendait, le teint pâle, l'air fatigué.

— Je vais être franc avec vous, dit calmement Runcorn. Il ne sert pas à grand-chose de s'obstiner à établir l'endroit où se trouvait chacun au moment du crime, étant donné que tout le monde a déjà répondu et que personne n'admettra avoir menti. Je suppose que vous n'avez toujours pas retrouvé le couteau ?

Warner secoua la tête.

— Il doit pourtant provenir de la cuisine de quelqu'un, observa Runcorn.

— On pourrait vérifier chez qui il en manque un, suggéra Warner d'un air sceptique. Mais ça reviendrait plus ou moins à reconnaître qu'on a des soupçons.

— D'autant que ce couteau a pu être nettoyé et remis en place, renchérit Runcorn.

Warner fit la grimace, son expression reflétant clairement ce qu'il imaginait – le rôti du dimanche découpé en tranches avec l'arme du crime !

Runcorn serra les dents. Sa tâche était difficile, mais il avait promis à Melisande d'apporter son aide, ce qui signifiait qu'il devait le faire, où que la vérité le menât, quitte à mettre Faraday en colère et à s'en faire un ennemi. Personne n'apprécierait le genre de questions qu'il faudrait poser, mais à enquêter autrement on n'aboutirait à rien. Aussi douloureuse que fût la vérité, il fallait découvrir pour quelle raison Olivia avait été assassinée, et par qui. Et, inévitablement, d'autres secrets, d'autres folies et d'autres hontes apparaîtraient au grand jour. Peut-être même Melisande se trouverait-elle confrontée à des choses qu'elle eût préféré ne pas voir. Runcorn avait l'intime conviction que, après cette épreuve, plus rien ne serait jamais pareil.

Aurait-il dû l'en avertir ? Fallait-il le faire dès à présent ? Au fond de lui, Runcorn connaissait la réponse. Par le passé, il lui était arrivé d'agir avec opportunisme, de dire ce qu'il fallait dire et de fermer l'œil de temps à autre. Cette attitude lui avait valu la promotion que n'avait jamais obtenue Monk. Avec, en prime, le mépris de Monk – et, s'il était honnête, le sien aussi. Il n'obtiendrait jamais l'amour de Melisande – se l'avouer lui était douloureux –, en revanche l'intégrité qui lui permettait de la regarder en face sans honte ne disparaîtrait pas.

— Sir Alan s'intéressera-t-il de plus près à l'arme du crime ? dit-il finalement à Warner. Je l'ignore. Toutefois, si j'étais à sa place, je tâcherais d'en apprendre davantage sur Miss Costain. Qui l'aimait réellement et qui la détestait ? Qui aurait pu voir en elle une menace ou une rivale ? Et pour cela, il faudrait également que j'en apprenne davantage sur sa famille et tous ceux qui faisaient partie de sa vie.

— Je vois, fit Warner avec lenteur, réfléchissant à ce qu'une telle démarche impliquait.

Il scruta le visage de Runcorn et vit qu'il n'y avait pas de place pour les faux-semblants.

— Eh bien, c'est ce que nous allons devoir faire, non ? Jusqu'à ce jour, je n'ai eu à m'occuper que de vols et de quelques détournements de fonds… et puis aussi d'un incendie, une fois. Une horreur… Mais j'imagine que cette affaire sera bien pire. Nous allons avoir besoin de votre aide, Mr. Runcorn.

Cette fois, sa voix ne laissait transparaître aucun doute.

Pour Runcorn, les dés étaient d'ores et déjà jetés – il avait fait une promesse à Melisande. Warner ne pourrait rien y ajouter. Cependant, il se rendait compte que s'il voulait mener une enquête en toute honnêteté, il allait devoir demander à Faraday son autorisation, que le commissaire principal était en droit de lui refuser. L'idée de se retrouver en train de le supplier lui tordait l'estomac. Néanmoins, sans son accord, il serait un enquêteur inutile. Sans doute la solution la plus simple consisterait-elle à essuyer un refus. Melisande serait alors contrainte de se résigner. Constatant que Faraday n'était pas à la hauteur, elle verrait dans son refus de l'orgueil et pardonnerait à Runcorn.

Mais lui-même se le pardonnerait-il ? Pas un instant. Être honnête, cela signifiait d'abord poser la question à Faraday de telle manière qu'il se trouve dans l'impossibilité de refuser. Runcorn avait commis suffisamment d'erreurs par le passé, par manque de tact, absence de jugement et égoïsme, pour avoir dû en tirer des leçons. S'il le voulait vraiment, il pouvait mettre Faraday dans une position telle qu'il serait dans l'incapacité de repousser son aide. Il tenait là sa seule chance de devenir l'homme qu'il avait toujours souhaité être, mais en vain, s'abandonnant à l'orgueil, à la colère et à l'ambition.

— Il faudra que j'obtienne l'autorisation de Sir Alan, dit-il à Warner, dont il vit immédiatement le visage s'assombrir. Je ne pourrais pas agir derrière son dos, même si je le voulais.

Warner secoua la tête.

— Il est probable qu'il ne vous la donnera pas.

— Il le fera peut-être si je le lui demande comme il faut, expliqua Runcorn. Il lui sera difficile de dire non devant vous, ou devant qui que ce soit qu'il aura mis sur l'affaire, sans parler du pasteur. Ou même de Mrs. Costain. Elle était très proche d'Olivia. Il aura de la peine à lui expliquer pour quelle raison il refuse de l'aide.

Les yeux de Warner s'agrandirent avec une compréhension soudaine, doublée d'un respect accru.

— Ma foi, je n'y aurais jamais pensé ! dit-il lentement. Peut-être que je pourrais en toucher un mot à Mrs. Costain de façon à voir comment s'y prendre. Vous êtes un malin, Mr. Runcorn, je suis bien content qu'on vous ait avec nous !

Le soir même, sous une pluie battante, Runcorn gravit la pente en compagnie de Warner. Ils frappèrent à la porte du presbytère quelques minutes après que Sir Alan Faraday y fut entré afin d'informer Mr. et Mrs. Costain de ses progrès. Warner devant faire son rapport lui aussi, la gouvernante n'hésita pas à prendre leurs manteaux trempés et à les conduire tous deux au salon, où les autres étaient rassemblés autour du feu.

Naomi Costain paraissait avoir vieilli de plusieurs années en une semaine. Ses traits affirmés étaient creusés par le chagrin, et son teint si pâle qu'elle avait l'air transie de froid. Vêtue de noir, elle ne portait aucun bijou, non pour afficher le deuil, simplement elle n'avait pas pris le temps de se soucier de sa tenue depuis le drame. Ses cheveux relevés, maintenus par des épingles, dégageaient son visage sans pour autant le flatter.

Quant à Costain, il était assis dans un des fauteuils, son col d'ecclésiastique de guingois, les épaules voûtées. Faraday se tenait avec une raideur toute militaire devant la cheminée, privant les autres de la chaleur du feu sans paraître s'en soucier le moins du monde. Il posa un regard rempli d'espoir sur Warner, mais, à la seconde où il aperçut Runcorn derrière lui, son expression se rembrunit.

— Bonsoir, dit-il, laconique. Pouvons-nous faire quelque chose pour vous, Mr. Runcorn ?

Bien qu'il en eût parfaitement connaissance, il se garda de mentionner son grade dans la police.

Runcorn prit acte de la situation. Le moment n'était plus à tergiverser. Il devait soit s'expliquer, soit se retirer. Il se sentit idiot d'avoir autorisé Warner à parler en présence du pasteur et de sa femme. Son humiliation serait pire encore. Faraday ne pouvait pas se permettre de perdre la face devant autrui ; Runcorn avait commis là une erreur de tactique, et il était trop tard pour tenter de la réparer. Il choisit ses mots avec le plus de soin possible, ce qui n'était guère dans ses habitudes.

— Cette affaire se révèle beaucoup plus complexe qu'elle ne l'avait semblé de prime abord, commença Runcorn. À si peu de jours de Noël, j'imagine que vous êtes, comme tout le monde, à court de personnel, et notamment d'hommes habitués à enquêter sur un crime.

Le silence qui suivit fut assourdissant. Tout le monde dans la pièce avait les yeux fixés sur

Runcorn. Costain avec perplexité, Naomi avec espoir, Faraday avec dédain.

— Sur cette île, les crimes sont très rares, rétorqua Faraday. Et les délits se limitent le plus souvent à des vols ou à des bagarres, qui sont plus à mettre sur le compte de tempéraments échauffés que de la manifestation d'une froide violence.

— Oui, s'empressa de confirmer Costain. Depuis que j'exerce ici, nous... nous n'avons jamais eu à déplorer de mort violente. Jamais nous n'avons eu à faire face à une telle tragédie... Que... que nous conseillez-vous ?

Faraday jeta un regard noir au pasteur. Sa question manquait particulièrement de délicatesse.

Runcorn était homme à savoir battre en retraite. Une parole orgueilleuse, ou le moindre sous-entendu sur sa supériorité professionnelle, et il se retrouverait exclu, de sorte que Faraday n'aurait plus la possibilité de changer d'avis et faire appel à lui.

— Je n'en sais pas suffisamment pour vous donner des conseils, se hâta-t-il de préciser. Je voulais seulement vous assurer de toute l'aide dont je serai capable – une paire de jambes supplémentaire, pour ainsi dire.

Faraday fit basculer son poids d'un pied sur l'autre sans s'éloigner du feu.

— Merci, dit alors Naomi avec chaleur, brisant le silence pesant.

— Et pour faire quoi ? s'enquit Faraday avec une pointe d'agacement.

Runcorn hésita. Il se demanda une seconde si Faraday le sommait ainsi de s'expliquer ou s'il fallait voir dans sa question une manière détournée de solliciter son avis. Il scruta le policier, impeccablement habillé, les cheveux épais bien coiffés. Néanmoins, des cernes soulignaient ses yeux, et la raideur de son maintien n'avait rien de naturel. Faraday se trouvait dans une position peu enviable. Pris d'une soudaine pitié qui l'étonna et le déconcerta, Runcorn s'avisa que le commissaire principal était aux abois. Il n'avait jamais eu affaire à un meurtre, et des gens effrayés et désemparés comptaient sur lui alors qu'il ignorait comment leur apporter de l'aide.

— Poser des questions susceptibles de nous conduire vers celui qui a attaqué Miss Costain, finit par répondre Runcorn.

Il s'était délibérément servi du terme « attaqué », moins brutal qu'« assassiné ».

Dehors, le tonnerre grondait, la pluie battait contre les vitres.

— Les poser à qui ? s'étonna Faraday avec un haussement de sourcils. Nous avons déjà interrogé toutes les personnes qui vivent à proximité du cimetière. Tout le monde à Beaumaris est horrifié par ce qui s'est passé. Ils aideraient volontiers, s'ils le pouvaient.

— Non, monsieur, rétorqua Runcorn sans réfléchir. L'un d'entre eux, en tout cas, s'en garderait bien, ainsi peut-être que de nombreux autres.

Il ignora le froncement de sourcils de Faraday, tout comme le geste de déni de Costain.

— Non pas parce qu'ils savent qui est le coupable, enchaîna-t-il. Mais pour d'autres raisons. Chacun a dans sa vie des choses qu'il préfère ne pas partager : des erreurs, des hontes, des événements d'ordre privé ou qui risqueraient de compromettre une personne qu'on aime ou envers laquelle on se sent redevable. Il est normal de vouloir défendre sa vie privée. Nous nous y employons tous.

Costain se tassa au fond de son fauteuil. En tant que pasteur, peut-être commençait-il à mieux comprendre…

Faraday dévisagea Runcorn.

— Qu'insinuez-vous par là ? Que nous allions fouiller dans la vie privée de chacun ? lança-t-il.

Son ton trahissait le dégoût incommensurable que lui inspirait cette idée.

Cette fois encore, Runcorn hésita. Comment diable répondre sans offenser Costain et sa femme, ou sans battre en retraite et voir s'évanouir ses chances de mener une enquête digne de ce nom ? Il savait que sa réponse devait être brutale, mais il répugnait à le faire. Seules la pensée d'Olivia baignant dans son sang au milieu du cimetière et la promesse faite à Melisande l'armèrent du courage nécessaire.

— Tant que vous n'aurez pas découvert quel est le mobile du crime, c'est en effet ce que je propose, répondit-il en soutenant le regard bleu de Faraday. Un meurtre est une chose violente, laide et tragique. Il serait vain de mener l'enquête comme s'il s'agissait du vol d'une paire de chenets ou d'un lot de cuillers en argent. Un meurtre est le résultat de la haine ou de la terreur, pas d'un moment de cupidité déplacée.

Le révérend Costain se redressa dans son fauteuil comme s'il venait de recevoir un coup.

— Vraiment ! protesta Faraday.

— Mr. Runcorn a raison, glissa Naomi avec un brin de timidité dans la pièce silencieuse. Nous devons tous accepter un peu d'inconfort ou d'embarras si c'est nécessaire pour découvrir la vérité. C'est très gentil à vous de vouloir nous protéger, Alan, et j'apprécie votre délicatesse, mais nous devons faire face… à ce qu'il faudra pour que cette affaire soit enfin derrière nous.

Faraday attendit une seconde, puis se retourna vers Runcorn. Il n'avait plus d'autre choix que de céder. Il en termina très vite.

— Oui… Oui, je le regrette, mais la situation semble en effet être celle-ci. Peut-être serait-il utile que vous nous accordiez un peu de votre temps, ce qui est très honorable de votre part, puisque je crois savoir que vous êtes ici en congé. Naturellement, je vous demanderai de me faire un rapport régulièrement sur ce que vous aurez l'impression d'avoir appris, mais aussi sur ce que vous aurez décidé de faire. Je ferais mieux de vous informer de ce que nous avons accompli jusqu'à présent et d'où vous devriez partir.

— Oui, monsieur, dit posément Runcorn.

Il n'avait aucune intention de prendre ses instructions de Faraday, qui se montrait à l'évidence aussi soucieux des apparences et des règles que des sombres aspects de la vérité.

Faraday se tourna vers Costain.

— Pourrais-je m'entretenir avec Runcorn une minute ? Y a-t-il un endroit qui convienne ?

— Oh… oui, oui, bien sûr.

Le pasteur se leva d'un air las. Bien qu'il eût à peine plus de cinquante ans, il avait l'air d'un vieil homme, troublé, le corps et l'esprit chancelants.

— Si vous voulez bien me suivre…

Runcorn s'excusa auprès de Naomi en la remerciant de son soutien, adressa un hochement de tête à Warner, puis il suivit Faraday et Costain dans un petit bureau situé de l'autre côté du vestibule. Le feu était pratiquement éteint, mais diffusait encore une certaine chaleur du fait que Faraday n'était pas campé devant. Derrière les lourds rideaux de velours tirés sur la nuit, le bruit de la pluie contre les carreaux était à peine audible. Les murs étaient tapissés de livres. Runcorn eut le temps de noter que, comme on aurait pu s'y attendre, la plupart étaient des ouvrages de théologie, d'autres sur l'histoire et la géographie des terres bibliques, notamment l'Égypte et la Mésopotamie.

Dès que la porte se fut refermée derrière Costain, Faraday se tourna vers Runcorn.

Dehors, le tonnerre résonna de nouveau.

— J'apprécie votre aide, Runcorn, mais permettez-moi d'être très clair : il n'est pas question que vous preniez en charge cette enquête comme si vous étiez dans je ne sais quelle ruelle de Londres. Vous ne soumettrez pas ces braves gens à un interrogatoire comme s'ils étaient de vulgaires criminels. Ils sont les victimes d'une odieuse tragédie, aussi méritent-ils toute la compassion que nous pouvons leur apporter. Vous m'avez compris ?

Faraday avait l'air sceptique, comme s'il cherchait déjà un moyen de revenir sur sa décision d'autoriser Runcorn à l'aider.

— Même à Londres, il arrive aux gens d'avoir de l'honneur et de ressentir du chagrin lorsqu'une personne qu'ils aimaient a été tuée, répondit Runcorn avec flamme.

Ses bonnes intentions se retrouvèrent balayées d'un coup par la colère, la volonté de défendre tous ceux qui avaient été frappés par le deuil, quels qu'ils fussent, qu'il les connût ou non. Les pauvres n'aimaient pas moins que les riches, pas plus qu'ils n'avaient une façon différente de se protéger de la douleur.

Faraday rougit.

— Excusez-moi, fit-il d'un ton bourru. Ce n'est pas ce que je voulais dire. Mais ces gens sont sous ma responsabilité. Vous vous montrerez donc aussi discret que possible et me ferez un rapport chaque fois que vous aurez découvert une information susceptible d'avoir un lien avec la mort de Miss Costain. Par où proposez-vous de commencer ?

— Par la famille. Je souhaiterais d'abord en savoir plus sur la victime. Aussi odieux que soit ce crime, Miss Costain a été poignardée par quelqu'un qui se tenait face à elle et qu'elle n'a pas cherché à fuir. Par conséquent, elle devait le connaître. Si un inconnu l'avait abordée dans le cimetière en pleine nuit, elle se serait enfuie ou au moins débattue. Or elle n'a fait ni l'un ni l'autre.

— Dieu du ciel ! Que suggérez-vous par là ? s'exclama Faraday d'une voix rauque. Que quelqu'un de sa famille l'a massacrée ? C'est monstrueux, je ne vous laisserai pas…

— Je vous expose les faits, l'interrompit Runcorn. Il va de soi que je ne parlerai pas dans ces termes à sa famille. Que proposez-vous, monsieur ? Que nous laissions filer le coupable sous prétexte que le chercher pourrait s'avérer déplaisant ou embarrassant ?

Faraday était livide.

Soudain, Runcorn eut une idée.

— Si vous m'autorisez à poser les questions désagréables, vous éviterez de vous voir adresser le reproche de l'avoir fait vous-même, Sir Alan. Et vous pourrez ensuite apporter du réconfort à ces gens.

Il n'alla pas jusqu'à préciser que Faraday pourrait lui mettre sur le dos toute offense faite à leur vie privée, mais le message n'en était pas moins transparent.

Faraday le comprit sur-le-champ.

— Oui, oui, je suppose… Bon, vous feriez bien de vous y mettre. Mais, pour l'amour du ciel, ayez du tact, mon vieux ! Faites preuve de sensibilité.

Runcorn se retint de lui répondre vertement.

— Oui, monsieur, dit-il entre ses dents. Je vais commencer tout de suite par Mr. Costain, dès que vous aurez fini vous-même de lui parler.

— Seigneur, il est près de huit heures du soir ! explosa Faraday. Laissez le pauvre homme un peu en paix ! N'avez-vous donc aucune…

— Aucune minute à perdre, conclut Runcorn à sa place. La chose n'en sera pas moins déplaisante demain.

Faraday lui jeta un regard réprobateur, mais ne prit pas la peine de discuter davantage.

Il ne s'écoula pas plus d'un quart d'heure avant que la porte s'ouvre de nouveau et que Costain entre dans la pièce.

— Asseyez-vous, je vous en prie, dit Runcorn en indiquant le fauteuil de l'autre côté du bureau.

Costain obtempéra. La lumière de la lampe à gaz fixée au mur donnait à son visage ravagé une netteté singulière.

— Je suis désolé de vous embêter ainsi, Mr. Costain, dit Runcorn avec sincérité, ému par l'intense désarroi du pasteur. Je tâcherai d'être aussi bref que possible.

— Merci. Je vous serais obligé si vous pouviez vous abstenir de perturber ma femme avec cette histoire. Olivia et elle étaient…

Sa voix se brisa, et il lui fallut quelques secondes avant de se reprendre.

— … elles étaient très proches, comme deux sœurs, en dépit de leur différence d'âge.

L'espace d'un instant, les traits du pasteur s'animèrent tandis que lui revenaient divers souvenirs.

— Toutes deux aimaient beaucoup notre île. Elles la parcouraient d'un bout à l'autre, surtout pendant l'été. Elles emportaient un pique-nique et passaient la journée dehors, quand leur emploi du temps le leur permettait. Ma sœur adorait les fleurs sauvages. Nous en avons ici un certain nombre que l'on ne trouve nulle part ailleurs. Ainsi que des oiseaux. Olivia en avait la passion également. Elle les observait suivre les courants aériens.

Runcorn se remémora le visage de la jeune femme lorsqu'elle était passée près de lui à l'église, et il n'eut aucune difficulté à croire que son cœur avait volé avec les oiseaux, et son imagination bien au-delà de la terre. Pas étonnant que ce crime semblât passionnel ! Olivia Costain était le genre de femme à éveiller chez autrui des sentiments qui pouvaient s'avérer dangereux : insuffisance, échec, aveuglement et frustration, voire jalousie. Mais pas l'amour ; l'amour, même quand il n'était pas payé de retour, n'anéantissait personne comme l'avait été Olivia.

Costain avait de nouveau repris le dessus, du moins assez pour continuer.

— Je ne vois cependant pas en quoi cela peut vous aider, Mr. Runcorn. Olivia avait bon cœur, mais… je suis au regret de le dire, elle était indisciplinée. Elle faisait preuve de beaucoup de compassion, personne n'était plus généreux ou déterminé qu'elle à s'occuper des nécessiteux de la paroisse, à leur dispenser une aide matérielle ou à leur offrir son amitié, mais elle n'avait pas un véritable sens du devoir.

Runcorn ne comprenait pas très bien.

— Du devoir ? s'étonna-t-il.

— De ce qu'il convient de faire, de ce qui est…

Costain cherchait ses mots. Son expression montrait qu'il avait une conscience aiguë de leur différence de classe tandis qu'il s'efforçait de lui expliquer ce qu'il voulait dire sans paraître offensant.

— Il était déjà tard pour qu'elle se marie, reprit le pasteur en rougissant. Olivia a refusé nombre d'excellentes propositions, sans autre raison que… son entêtement. J'avais espéré qu'elle accepterait Newbridge, mais elle n'était pas enthousiaste. Ce qu'elle voulait de lui paraissait tout à fait irréaliste, et j'ai échoué à la convaincre, dit-il, la douleur dans sa voix pareille à une blessure à vif. Avec elle, j'ai échoué en tout, ajouta-t-il dans un murmure.

— Je crois savoir que Mr. Barclay lui faisait également la cour, observa Runcorn, pressé de combler le silence par autre chose que de la pitié.

— Oh, oui… Et il aurait fait un excellent parti, sauf qu'Olivia n'était pas prête à l'accepter lui non plus.

Les épaules du pasteur s'affaissèrent sous le coup du trouble et de l'abattement.

Runcorn voyait Olivia comme une splendide créature qui refusait de se laisser enfermer au nom des conventions et de la perception qu'avaient les autres de ce qu'était son devoir. Il se souvenait de Melisande sur le seuil de la demeure de son frère à Londres, désireuse de l'aider parce qu'elle avait vu un homme sortir de la maison voisine où avait été commis un meurtre. Barclay lui avait ordonné de rentrer, il ne voulait pas que sa sœur ou lui-même se retrouvent mêlés à une chose aussi épouvantable. Peu lui importait qu'elle cache sa conscience meurtrie. Cette idée ne l'avait sans doute même pas effleuré. N'avait-il pensé qu'à son bien-être et essayé de la protéger de dangers qu'elle ne voyait pas ? Ou avait-il simplement cherché à se protéger lui ?

Runcorn voyait en Costain un homme prisonnier de sa vocation et de son statut social, lié à des devoirs qu'il n'était pas en mesure d'accomplir. Peut-être personne ne l'aurait-il été. Le pasteur était en proie à une trop grande tristesse pour apporter une aide quelconque à Runcorn.

— Je vous remercie, dit Runcorn avec autant de gentillesse qu'il le put. Veuillez demander à Mrs. Costain de m'accorder quelques minutes.

Le pasteur leva les yeux.

— Je vous ai prié de ne pas déranger ma femme davantage, Mr. Runcorn. Je croyais que vous l'aviez compris.

— J'aimerais vous obliger, seulement c'est impossible. Votre épouse sera peut-être en mesure de me parler de choses que Miss Costain lui aura confiées – une dispute, quelqu'un qui l'importunait ou qui la poursuivait…

— Vous voulez dire qu'il s'agit de quelqu'un que ma sœur connaissait ? C'est grotesque ! fit Costain en se levant.

Runcorn réagit brutalement.

— Il s'agit en effet de quelqu'un qu'elle connaissait, Mr. Costain. Nous en avons la preuve.

— La preuve ? Faraday ne nous a rien dit de tel !

— Je peux vous en parler, si vous le souhaitez. Je crois toutefois qu'il vaudrait mieux l'éviter.

Le pasteur ferma les yeux et sembla vaciller. Peut-être n'était-ce qu'un tremblement de la lampe…

— S'il vous plaît, n'en parlez pas à ma femme, dit-il dans un murmure. Est-ce pour cette raison que vous pensez que Faraday n'est pas apte à mener l'enquête ?

Runcorn se retrouva pris au dépourvu. Il ne se doutait pas que l'opinion du pasteur était aussi tranchée. En tout cas, il ne l'avait pas souhaité. Fallait-il lui mentir ? Costain méritait mieux, d'autant qu'il avait déjà entrevu une part essentielle de la vérité.

— En effet.

— Dans ce cas, faites ce que vous avez à faire.

Costain se dirigea vers la porte, sa main hésitant sur la poignée avec maladresse avant de la tourner.

Quelques minutes plus tard, Naomi Costain entrait, refermait la porte derrière elle et allait s'asseoir. Son visage était d'une extrême pâleur et, à la lueur de la lampe, les traces de ses larmes étaient visibles, bien qu'elle eût fait de son mieux pour les dissimuler. On sentait chez elle une sorte de désespoir, plus éloquent que tous les mots qu'elle aurait été à même de prononcer.

— Je serai le plus bref possible, madame, dit Runcorn, qui avait le très net sentiment de la déranger.

— Ce n'est pas nécessaire. Le temps n'a pour moi aucune importance. Que puis-je vous dire qui serait susceptible de vous aider ?

— Votre mari m'a dit que vous et votre belle-sœur étiez très proches…

Il détesta ses propres mots qui résonnaient de façon si banale.

— Si j'en savais davantage sur Miss Costain, je serais mieux à même de comprendre quel genre de personne aurait pu lui vouloir du mal.

Naomi Costain regarda au loin, pendant si longtemps qu'il commença à croire qu'elle n'allait pas lui répondre… à moins qu'elle n'ait pas compris qu'il s'agissait d'une question. Runcorn respira à fond, s'apprêtant à tenter une nouvelle approche, lorsqu'elle finit par rompre le silence.

— Olivia avait de l'imagination, dit-elle lentement, pesant ses mots. Il ne fallait jamais lui dicter quoi penser, et mon mari prenait cela pour de… l'entêtement, comme si elle désobéissait de façon délibérée. Je ne crois pas que c'était de la désobéissance. C'était chez elle une forme d'honnêteté. Mais qui la rendait parfois difficile.

Runcorn connaissait peu la bonne société, surtout sur une île comme Anglesey. Il avait besoin de comprendre les jalousies, les ambitions, les sentiments qui pouvaient amener à cette sorte de sauvagerie dont la jeune femme avait été victime.

— Miss Costain avait-elle défié quelqu'un ? demanda-t-il, formulant sa question de façon à ne pas la blesser davantage. Elle était très belle. Y avait-il des hommes qui l'admiraient, des femmes qui voyaient en elle une rivale ?

Naomi esquissa un sourire.

— Vous la connaissiez ?

Une impression de regret traversa Runcorn.

— Non. Je ne l'ai aperçue qu'une seule fois, à l'église.

Le sourire s'évanouit.

— Oh… Oui, bien sûr. Je suppose que des gens l'enviaient. Cela arrive, surtout à ceux qui ne se conforment pas au style de vie que l'on attend d'eux. Olivia avait peu d'amis, et il lui arrivait de se montrer très impatiente. Ce qui n'est jamais une qualité. J'espérais qu'elle apprendrait à s'en défaire avec le temps, dit Naomi Costain dans un soupir. Elle appréciait beaucoup Mrs. Ewart. Au début, j'ai cru que c'était parce que, venant de Londres, elle avait une touche d'élégance et pouvait lui parler des dernières pièces, de livres, de musique et de ce genre de choses. Mais j'ai très vite compris que ce qui les liait était plus profond. Toutes deux comprenaient quelque chose qui m'était inaccessible…

La tristesse assombrit son visage, une sorte de solitude que Runcorn, surpris, comprenait. Le sentiment d'être exclue, comme si quelqu'un était parti en la laissant toute seule dans le noir.

— Était-elle heureuse ? demanda-t-il impulsivement.

Naomi Costain le regarda d'un air étonné.

— Non, répondit-elle, pour le regretter aussitôt. Je veux dire par là qu'elle était agitée, qu'elle cherchait quelque chose. Je… non, ne prêtez pas attention à ce que je raconte, je dis des bêtises. Je ne vois vraiment pas qui aurait pu être perturbé par la jalousie ou la peur au point de commettre un tel acte.

Runcorn eut l'impression écrasante qu'elle lui mentait. Naomi Costain savait quelque chose qu'elle n'était pas prête à lui révéler.

— Le mieux que vous puissiez faire pour elle, Mrs. Costain, c'est de nous aider à trouver son meurtrier.

Elle se leva, le visage las, le regard direct.

— Croyez-vous, Mr. Runcorn ? Comme vous nous connaissez mal, nous ou qui que ce soit sur cette île ! Vous êtes un brave homme, mais vous ignorez tout du vent et des vagues qui tourmentent les cœurs. Un continental, conclut-elle en se dirigeant vers la porte. Vous êtes un continental.

Il était trop tard pour que Runcorn aille s'entretenir avec quelqu'un d'autre ce soir-là, d'autant plus qu'il avait l'esprit trop confus, il n'aurait pu en absorber davantage. Il remercia le révérend Costain, puis sortit dans l'obscurité et s'en retourna chez Mrs. Owen. La pluie avait cessé, le vent soufflait en fortes rafales, mais il se sentait heureux d'être en vie. Il aimait l'odeur de la mer, aussi sauvage fût-elle, ainsi que l'absence de tout son humain. On n'entendait aucune voix, ni le bruit de sabots d'un cheval, ni le fracas de roues, seulement le hululement lointain d'une chouette hulotte.

Obtenir un entretien avec Newbridge s'avéra difficile, et il fallut à Runcorn une bonne partie de la matinée avant de se retrouver face à lui dans son salon. La maison était ancienne et confortable. Bâtie deux siècles auparavant, sans doute avait-elle été occupée par une famille qui avait connu des revers de fortune. Les portraits accrochés aux murs avec leurs jabots et leurs dentelles de Cavaliers semblaient dater du temps d'Oliver Cromwell et de la guerre civile. Aucun de ces hommes n'arborait l'air austère et le col blanc des Puritains.

Si une partie des meubles avaient connu jadis un certain lustre, ils montraient aujourd'hui les marques de l'usure – des pieds inégaux, une ou deux surfaces tachées et en mal de réfection. Runcorn n'eut cependant pas le loisir d'en voir davantage, conscient que Newbridge s'impatientait.

— Que voulez-vous, Mr. Runcorn ?

Sa voix était empreinte de rudesse, et il se balançait d'un pied sur l'autre comme s'il lui tardait d'être ailleurs.

— Je n'ai rien à vous dire sur la mort de la pauvre Olivia. Bon sang, si c'était le cas, j'en aurais parlé à Faraday ! N'est-ce pas déjà assez difficile d'avoir à vivre avec ce drame sans devoir ressasser interminablement nos souvenirs et notre peine devant des inconnus ?

Newbridge se tenait appuyé au manteau de la cheminée – un homme élégant, grand et un peu maigre, avec d'épais cheveux bouclés et un très grand front. Ses yeux noisette étaient enfoncés, et sa bouche avait cette ligne fine et rageuse que Runcorn avait remarquée d'emblée à l'église.

Runcorn trouvait qu'on abusait déjà de sa tolérance. Le deuil avait des effets différents sur les gens, et la plupart n'étaient guère engageants. Chez les hommes, il se transformait souvent en colère, une sorte de fureur rentrée comme si on leur avait porté un coup.

Runcorn repoussa ses propres émotions.

— Afin de me faire une idée de qui a pu tuer Miss Costain, j'aurais besoin de mieux la connaître. Sa famille est accablée de chagrin et, bien entendu, elle ne voit qu'une facette de la jeune femme. Il est très difficile de dire autre chose que du bien des êtres chers que l'on a perdus. Pourtant, ils n'étaient que des êtres humains eux aussi. Miss Costain n'a pas été tuée par accident. Quelqu'un en proie à une rage contre nature se tenait face à elle, or, même à la dernière minute, elle n'a pas cherché à fuir. Voilà qui nécessite une explication.

Newbridge était très pâle ; sa poitrine se soulevait au rythme de sa respiration comme s'il venait de grimper en altitude et avait de la peine à respirer.

— Voulez-vous dire que quelque chose dans son caractère aurait provoqué cet acte, Mr. Runcorn ? finit-il par demander.

— La chose vous paraît-elle impossible ? rétorqua Runcorn à voix basse, comme s'ils étaient en train de se faire des confidences.

— Eh bien, c'est… vous me mettez là dans une situation intenable ! protesta Newbridge. Comment respecter les convenances et répondre à une pareille question ?

— Les convenances n'ont en rien été respectées dans la manière dont Miss Costain a été tuée, fit remarquer Runcorn.

Newbridge poussa un soupir.

— Vous me forcez à parler avec plus de franchise que je ne l'aurais souhaité. Mais si vous allez le répéter à sa famille, sachez que je nierai tout.

Runcorn hocha très légèrement la tête.

— Olivia était charmante, reprit Newbridge en fixant un point au loin que lui seul pouvait voir. Et d'une grande beauté, mais j'imagine que vous le savez. Elle était également puérile. À vingt-six ans, un âge auquel la plupart des femmes sont mariées et ont des enfants, c'était comme si elle se refusait à grandir.

Son corps se raidit.

— Elle ne voulait prendre aucune responsabilité, ce qui faisait peser un fardeau injuste sur les épaules de son frère. Je pense qu'elle a profité du fait qu'il n'a pas d'enfants pour rester elle-même immature et se faire prendre en charge pendant plus longtemps qu'elle n'aurait dû l'accepter.

— Pensez-vous que le révérend Costain lui en voulait ?

— Il est trop bon pour avoir refusé de subvenir à ses besoins. Et, pour être franc, je pense qu'il lui cédait en tout. Le sens qu'il a de son devoir en tant que pasteur est disproportionné. Olivia le savait et en abusait.

C'était la remarque la plus dure que Runcorn avait entendue sur la jeune femme, et il s'étonna de s'en sentir blessé. Mais, jusqu'à preuve du contraire, peut-être était-ce la vérité. Néanmoins, il avait l'impression qu'on venait de parler de Melisande. Il ne trouva rien à répondre. Maîtrisant au mieux ses émotions, il ne se rendit pas compte que ses muscles se crispaient et que ses ongles s'enfonçaient dans la paume de ses mains.

— Ah oui ? marmonna-t-il dans sa barbe. Et abusait-elle ainsi de la bienveillance de quelqu'un d'autre ?

Un silence pesant s'étira. Dehors, un chien aboya et une rafale de pluie vint frapper les fenêtres, avec une telle insistance qu'elle ramena Newbridge au présent, comme s'il avait été arraché à ses rêveries. Il surmonta la colère qui l'animait, à moins que ce ne fût le chagrin. Runcorn avait beau l'observer avec attention, il ne parvenait pas à décider. Il se sentait indiscret. Cet homme avait voulu se marier avec Olivia. Ce devait être difficile pour lui de contrôler ses émotions devant un inconnu qui le soumettait à un interrogatoire et avait vu le cadavre d'Olivia, atrocement assassinée, sans l'avoir jamais connue ni aimée de son vivant.

— Non, pas à ma connaissance, répondit finalement Newbridge. Mrs. Costain avait beaucoup d'affection pour elle, et elle avait aussi d'autres amies, comme Mrs. Ewart. Et Mr. Barclay lui faisait la cour. Mais vous le savez, j'imagine. Olivia était amie avec le vicaire, Kelsall, ainsi qu'avec d'autres jeunes femmes en ville, du moins les voyait-elle de loin en loin. La plupart sont mariées et ne sont pas libres de perdre leur temps à poursuivre des chimères ainsi que se le permettait Olivia…

De nouveau, Newbridge détourna les yeux, comme s'il s'efforçait d'oublier la présence de Runcorn.

— Ou à passer des heures à lire, reprit-il. Elles avaient dû se rencontrer autour de causes charitables. Olivia voulait toujours venir en aide aux moins fortunés, qu'ils le méritent ou pas. Il y avait en elle de la générosité…

Brusquement, il se tut, la tête toujours tournée.

— Écoutez, je ne peux pas vous aider. Je n'ai aucune idée de qui aurait pu lui vouloir du mal. La seule suggestion que je puisse vous faire est de vous intéresser de plus près à John Barclay. Il n'est arrivé sur l'île que très récemment. Et il est londonien. Il est possible que l'indécision d'Olivia ait eu raison de sa patience. En même temps, peut-être est-ce tout simplement que je déteste cet homme…

Il finit par se tourner vers Runcorn.

— À présent, si vous voulez bien m'excuser, je n'ai rien d'autre à ajouter. Mon valet va vous raccompagner.

Cette conversation ne laissait à Runcorn d'autre choix que d'aller voir Barclay. L'idée de s'entretenir avec lui était loin de l'enchanter, mais il n'y avait pas moyen d'y couper. Était-il possible qu'il ait perdu patience avec Olivia et se soit retrouvé face à elle dans le cimetière armé d'un couteau à découper ? Runcorn avait beau ne pas apprécier l'homme, il avait du mal à le croire. Il ne doutait pas que Barclay eût un caractère irascible, ni qu'il fût capable de s'en prendre physiquement à un autre homme, mais de là à préméditer un meurtre sanglant d'une telle violence, voilà qui dépassait l'imagination !

Et pourtant, au moment où il remontait l'allée de la grande maison à l'abri des lauriers, ses pieds crissant sur les graviers, Runcorn sentit la peur le saisir au ventre. Il n'imaginait pas un instant que Barclay l'attaquerait, et d'ailleurs, même s'il s'y risquait, Runcorn n'avait jamais été un lâche physiquement. Grand et costaud, il avait participé à bon nombre de bagarres dans les rues de l'East End durant ses jeunes années. Ce qui l'effrayait, c'était la laideur que revêtaient la misère et la haine, la brutalité avec laquelle Melisande apprendrait que son frère était capable de commettre de tels actes, et la honte qui rejaillirait ensuite sur elle. Tant qu'elle serait en vie, le scandale la poursuivrait, même si elle-même demeurait irréprochable.

Néanmoins, se dérober, fût-ce pour le bien de Melisande, reviendrait à se trahir lui-même, ainsi que les principes auxquels il croyait et qu'il avait fait le serment de respecter. Runcorn était au service de la loi et des gens, et tandis qu'il se tenait sur le perron de cette belle demeure sur l'île d'Anglesey, comme s'il se trouvait à un carrefour de son destin, ce fait lui sembla plus important que de vouloir plaire à quiconque. S'il renonçait, il ne lui resterait plus rien une fois qu'il aurait quitté Melisande et Anglesey.

Le domestique qui lui ouvrit l'invita à entrer dans un petit salon avant qu'il n'aille informer Mr. Barclay de sa présence.

Runcorn suivit l'homme à la démarche raide jusqu'à une pièce confortable aux tons fanés qui donnait sur un petit jardin. Un feu était allumé, et plusieurs fauteuils disposés devant en demi-cercle. Deux bibliothèques étaient pleines de volumes qui semblaient avoir beaucoup servi. Une coupe remplie de feuilles de houx et de baies était posée sur une table basse. Runcorn savait que la maison avait été louée seulement pour la période des fêtes, mais elle donnait une impression d'aisance et de familiarité.

Près d'un quart d'heure s'écoula avant que Barclay ne fasse son apparition, mais il semblait de bonne humeur et ne fit pas d'objection au fait que Runcorn soit venu sans avoir pris rendez-vous.

— Avez-vous appris quelque chose ? s'enquit-il sur le ton de la conversation lorsqu'il eut refermé la porte.

Runcorn se détendit quelque peu. Il devina que Melisande avait dû lui préparer le terrain, du moins, autant qu'elle l'avait pu. Par égard pour elle, il allait devoir répondre avec tact.

— Il semblerait que Miss Costain était une personne plus complexe que nous ne l'avions d'abord pensé, répondit-il.

Barclay haussa les épaules.

— On souhaite toujours parler en bien des défunts, surtout quand ils ont succombé à une mort violente et qu'ils étaient jeunes. C'est une sorte de politesse naturelle, comme d'aller leur porter des fleurs.

Barclay ne s'assit pas, ni n'invita Runcorn à le faire, de sorte qu'ils restèrent debout, chacun d'un côté de la cheminée.

C'était au tour de Runcorn de parler. Il s'efforça de formuler ses questions comme s'il lui demandait son aide.

— Je cherche à en savoir le plus possible sur l'endroit où se trouvait chacun avant l'heure où Miss Costain a été tuée. Quelque chose a dû être à l'origine de ce qui s'est passé…

Barclay réagit avec promptitude.

— Vous voulez dire une dispute ou une révélation, ce genre de choses ?

— Exactement, confirma Runcorn, content de pouvoir abonder dans son sens. Le constable Warner a déjà beaucoup cherché, mais je me demandais si vous ne pourriez pas nous aider. Vous connaissiez Miss Costain. Seriez-vous au courant de ce qu'elle a fait ce jour-là ? Savez-vous qui elle a vu… ou si quelqu'un était furieux ou fâché contre elle ?

Runcorn ne savait pas trop à quoi s'attendre. Pour l'heure, le seul fait de parler lui semblait positif. Il pourrait passer progressivement des faits minimes aux choses importantes.

Barclay prit le temps de réfléchir.

— Olivia pouvait être une femme difficile, répondit-il au bout d'un instant. Plus rêveuse que réaliste, si vous comprenez ce que je veux dire, ajouta-t-il en regardant Runcorn dans les yeux. Certaines femmes manquent parfois d'esprit pratique, surtout lorsqu'elles ont toujours vécu à la charge d'un père ou d'un frère aîné et n'ont jamais eu à se préoccuper du monde réel. Olivia… Olivia était une enfant gâtée. Oh ! charmante et généreuse, et qui pouvait être une excellente compagne… Mais il y avait chez elle une sorte d'entêtement, une façon de s'accrocher à ses rêves d'enfance et à ses caprices qui pouvait devenir ennuyeuse au bout d'un moment. Je plaignais beaucoup Costain.

Il haussa vaguement les épaules, comme s'il lui confiait là un sentiment qu'il était préférable de ne pas chercher à expliquer.

— Ils se disputaient ? demanda Runcorn.

— Oh ! mon Dieu, pas au point que Costain prenne un couteau et la suive au cimetière dans l'intention de la tuer ! s'exclama Barclay d'un air outré. Je n'en suis pas moins certain qu'elle a mis sa patience à rude épreuve. Être responsable d'une sœur n'est pas une chose facile.

Vous avez la détresse et les obligations d'un père sans en avoir l'autorité, dit-il en écartant les mains avec un geste d'impuissance. Je ne doute pas un instant qu'il n'ait fait du mieux qu'il l'a pu, mais Olivia était écervelée, irréaliste et apparemment inconsciente des responsabilités qui lui incombaient en retour.

Il esquissa un petit sourire.

— Je me suis félicité d'avoir une sœur beaucoup plus raisonnable. Faraday fera un excellent mari pour Melisande. Il possède toutes les qualités souhaitées. Il est issu d'une bonne famille et sera à même de pourvoir à ses besoins. Sa réputation est irréprochable, il a bon caractère, en résumé, c'est un homme tout ce qu'il y a de convenable. Et séduisant, qui plus est, ce qui à défaut d'être indispensable n'est pas désagréable ! Melisande est une belle femme, elle pourrait choisir qui elle veut. Je lui suis reconnaissant de faire preuve de davantage de bon sens que n'en avait Olivia et de ne pas nourrir de rêves ridicules !

Barclay soutint le regard de Runcorn et lui sourit calmement, froidement.

Runcorn avait l'esprit encombré par une avalanche de pensées et de sentiments qui le meurtrissaient, écrasant chez lui tout bon sens et esprit de suite. Il chercha désespérément à dire quelque chose de raisonnable, de purement pragmatique, et qui ferait disparaître ce sourire narquois sur les lèvres de Barclay.

— Vous avez raison, dit-il, bien que ces mots lui écorchassent la bouche. Un homme sain d'esprit ne tue pas sa sœur sous prétexte qu'elle refuse d'épouser le prétendant qu'il lui a choisi. Mais auriez-vous entendu évoquer le fait que Costain ne serait pas tout à fait sain d'esprit ?

Le sourire de Barclay s'évanouit.

— Non, bien sûr que non… Olivia pouvait parfois abuser de la patience de ce brave homme, mais son frère est au-delà de tout reproche. Il est très soucieux des convenances et son affection envers sa sœur n'avait rien que de naturel. La question ne se pose donc pas à son sujet.

Il haussa les épaules.

— Dieu merci, ce n'est ni mon devoir ni ma fonction de découvrir qui l'a tuée ! Rien ne me semble plus déplaisant que d'avoir à mettre le nez dans les péchés et les chagrins d'autrui afin de débusquer la dépravation qui explique un crime, mais j'apprécie que quelqu'un doive le faire, puisque nous devons être régis par la loi. Si je puis vous être utile, je ferai naturellement tout mon possible.

— Merci, dit Runcorn d'un air lugubre.

Barclay balaya ses remerciements d'un geste de la main, et avant même que Runcorn ait pu formuler une nouvelle question, il reprit la parole :

— Je vous serais obligé de ne pas harceler ma sœur plus que nécessaire avec cette histoire. Elle aimait beaucoup Miss Costain. Elles avaient en commun certaines circonstances de la vie, et Melisande est une femme au cœur tendre, parfois un tantinet naïve. Elle avait tendance à croire tout ce que lui racontait Olivia, or je crains que ça n'ait pas toujours été la vérité. Olivia n'exerçait pas une bonne influence sur elle…

De nouveau, il sourit.

— Je suis heureux que Melisande ait porté son choix sur Faraday et de savoir qu'elle sera bientôt établie. Peut-être aurait-elle réussi à persuader Olivia, si elle avait vécu. Mais c'est désormais sans importance. Si je pense à autre chose, je ne manquerai pas de vous en informer.

Les coins de sa bouche s'affaissèrent.

— Informer, quel mot désagréable ! On dirait quelque chose de clandestin, malhonnête… mais enfin, défendre le coupable d'un tel crime serait encore pire, n'est-ce pas ?

Ce n'était pas vraiment une question ; la réponse allait de soi. Et bien que Runcorn eût l'impression que les mots collaient à sa gorge, il se força à en convenir.

— Certes. Je regrette que le crime fasse si souvent apparaître maints péchés mineurs qui peuvent changer le cours de nos existences de façon définitive.

Barclay le dévisagea, une expression indéchiffrable dans les yeux : colère, triomphe, conscience de son propre pouvoir, incertitude ?

— Merci, Mr. Barclay, enchaîna Runcorn avec le plus grand calme. J'apprécie votre aide. Je voudrais bien que tout le monde montre autant d'honneur que vous à remplir son devoir.

Si Barclay détecta le moindre sarcasme dans cette dernière phrase, il n'en laissa rien paraître.

Le vicaire, Thomas Kelsall, était en tout point différent. La silhouette élancée, il marchait penché en avant, et l'on devinait une certaine tension dans ses épaules. Runcorn le rattrapa sous la pluie battante alors qu'il s'en allait d'un air opiniâtre effectuer ses visites chez les vieux et les miséreux de la paroisse. Une partie de ces visites incombait en principe au révérend Costain, mais, compte tenu des circonstances, le jeune Kelsall s'était proposé pour le remplacer.

— Vous trouvez peut-être que c'est de l'arrogance de ma part, dit-il à Runcorn tandis qu'ils marchaient côte à côte. Certaines personnes préfèrent avoir affaire au pasteur, pour l'heure, néanmoins, outre le fait qu'il passe du temps avec la pauvre Mrs. Costain, il ne sait pas comment répondre aux gens. Que peuvent-ils lui dire ? Qu'ils sont désolés ? Qu'Olivia était la personne la plus charmante et la plus vivante qu'ils aient jamais connue, et que sa mort, c'est comme si Dieu avait privé le monde d'un peu de lumière ? fit le jeune homme en regardant droit devant lui. Et que peut-il leur répondre, sinon en convenir en essayant de ne pas les encombrer de sa douleur ? Non, il vaut mieux que ce soit moi qui aille les voir. Au moins, ils ne se sentent pas obligés de me réconforter. Je peux m'occuper de régler leurs problèmes, ce qui est ma raison d'être ici.

— Pourtant, vous la connaissiez bien, et vous êtes éprouvé par sa mort.

Runcorn savait que sa remarque était brutale, mais donner dans l'euphémisme serait revenu à retirer un pansement avec lenteur – et eût été moins honnête.

— Nous étions amis, se contenta de répliquer Kelsall. Nous pouvions parler de toutes sortes de sujets sans avoir à faire semblant de ressentir les choses différemment. Quand quelque chose était drôle, nous en riions tous les deux, même s'il arrivait que d'autres personnes comme le pasteur jugent cette attitude inconvenante. Il était son frère, et mon supérieur, mais il nous suffisait d'échanger un regard pour comprendre elle et moi que nous pensions la même chose. Nous savions tous les deux ce que signifiait avoir des rêves… et des regrets ! Je n'imagine pas pouvoir autant apprécier quelqu'un un jour, pas aussi entièrement, conclut-il avec un léger tremblement de la voix.

Courbé dans le vent et la pluie, Runcorn lui jeta un regard à la dérobée, sans trop savoir si c'était des larmes ou des gouttes qui mouillaient ses joues. Quand ils arrivèrent devant la maison d'un vieux paroissien, Runcorn attendit Kelsall en frissonnant sous le porche. Puis ils se remirent en marche.

— Est-il vrai qu'Olivia avait refusé la demande en mariage de Mr. Newbridge ? interrogea Runcorn après qu'ils eurent parcouru une cinquantaine de pas.

Kelsall arrondit les épaules et se pencha plus encore. Le tonnerre grondait à l'horizon.

— Olivia était une femme qui avait des sentiments profonds, répondit-il en secouant la tête et en cherchant le mot juste. Une visionnaire. Impossible de l'assujettir à des choses mesquines, cela l'aurait brisée. Mais Newbridge ne percevait rien de tout cela. Il ne l'aimait pas, il aimait ce qu'il pensait être Olivia, incapable de voir qu'il se trompait du tout au tout. Je ne crois même pas qu'il l'ait jamais… écoutée.

Brusquement, il se tourna vers Runcorn.

— Pourquoi les gens se marient-ils avec quelqu'un qu'ils n'écoutent même pas ? Comment font-ils pour supporter d'être si seuls ?

Le jeune vicaire frémit et agita les mains tout en continuant à marcher d'un bon pas.

— Bien sûr qu'Olivia a refusé ! Que pouvait-elle faire d'autre ?

Runcorn se garda de répondre. Un bref instant, il revit l'expression de la jeune femme en vert lorsqu'elle était passée près de lui à l'église, puis il repensa à Melisande et à la séduction fade de Faraday, et il fut envahi par un désespoir semblable à celui qu'il devinait chez Kelsall. Le vicaire avait-il été amoureux d'Olivia ? S'il en avait eu le choix, y aurait-il eu entre eux plus que de l'amitié ? Qu'y avait-il derrière le chagrin qu'exprimait son jeune visage vulnérable ?

Ils continuèrent à marcher en silence, puis Runcorn laissa Kelsall devant la maison du paroissien suivant.

En remontant la pente pour aller voir Warner, il ne changea pas d'avis. Il continuait à voir Kelsall comme un ami d'Olivia, quoique sans doute plus proche qu'il ne l'avait supposé au départ. Un confident, plutôt.

Dans le champ, les grives avaient disparu. Il espéra qu'elles reviendraient lorsque cesserait la pluie.

Runcorn passa l'après-midi avec Warner, mais la seule chose qui ressortît de leur discussion fut que l'alibi de Kelsall avait été confirmé par le vieux gentleman distrait auquel le constable avait rendu visite et qui était resté debout jusqu'à une heure tardive à cause d'une crise de croup.

En fin d'après-midi, juste avant la tombée du crépuscule, les nuages se levèrent brusquement, et l'air se remplit de la douce et chaude lumière du couchant qui effleurait déjà les hauteurs de sa patine dorée. Soudain, la mer vira au bleu, le détroit de Mienai semblable à un miroir étincelant, à peine ridé par le vent dont le souffle glacial troublait la surface avant de s'évanouir.

Attiré vers le rivage, Runcorn se remit en marche. Le froid ne le dérangeait pas. Il y avait là une sorte de simplicité, une fusion parfaite entre la terre immobile et la mer ondulante et changeante dans laquelle les limites de l'une et l'autre se perdaient.

Il se retourna et leva la tête pour regarder les mouettes qui planaient au-dessus de l'île, portées par des courants invisibles, virant sur l'aile et plongeant avant de remonter en flèche, se mouvant sans effort lorsqu'elles filaient vers la lumière et disparaissaient au loin.

Un silence total l'entourait, à l'exception du clapotis de l'eau derrière lui. Londres ne lui avait jamais apporté une paix aussi immense. En ville, le bruit était partout, une sorte de rumeur des activités humaines, un obstacle à la vision, au possible.

Runcorn commença à grimper en s'éloignant du rivage. Peut-être s'était-il trompé et avait-il cru voir des bornes là où il n'y en avait pas, sinon celles qu'il s'était lui-même fixées. Il appréhendait son passé sous un angle différent, un peu comme s'il regardait quelqu'un d'autre. Il se voyait comme un homme doté d'un grand sens pratique, dont le jugement en matière de caractères était en général juste, quoique dépourvu d'empathie. Il lui manquait la passion, la capacité à comprendre les rêves. S'en était-il préservé de crainte de se retrouver confronté à sa petitesse ? Il avait détesté la colère de Monk, tout comme sa ferveur, son impatience face à la bêtise et à l'arrogance. Mais, s'il était sincère, n'en avait-il pas eu peur parce que son attitude représentait un défi au conformisme, tellement moins dangereux ?

Était-ce ce qu'Olivia avait fait elle aussi ? Défier le conformisme ? La jeune femme avait arpenté ces collines, Naomi Costain le lui avait dit. Peut-être même s'était-elle tenue sur ce sentier à admirer les derniers feux du couchant, comme lui en cet instant, contemplant l'horizon où ciel et mer se confondaient en ne faisant plus qu'un.

Alors qu'il songeait à Olivia, Runcorn se fit la réflexion que les gens sans envergure comme lui qui voulaient être à l'abri, qui n'étaient pas mus par un ardant désir, avaient peur de ceux qui chamboulaient leur univers, repoussaient les frontières qui les y enfermaient et excusaient leur lâcheté. Il avait détesté Monk pour cette raison. Qui avait détesté Olivia ? Pas Naomi. Le révérend Costain ? Sa sœur avait-elle remis en cause l'édifice de sa foi, sa raison d'être ? Le lui avait-il pardonné ?

Ou bien n'était-il qu'un brave homme qui ne comprenait rien à cette sœur compliquée qu'il avait la responsabilité de nourrir et de vêtir, de garder dans les limites de la société pour son bien ?

Le soleil formait une boule écarlate dans le ciel. Tandis que Runcorn le regardait, il sombra sous la ligne d'horizon, projetant ses derniers feux sur la mer. Il décida de rester là alors que l'obscurité gagnait et se refermait sur lui en se demandant ce qu'avait ressenti Olivia. Quelles visions avait-elle eues – et pour lesquelles peut-être elle était morte ? Melisande était-elle comme elle, comme il se l'imaginait ? Pour l'homme pragmatique qu'il était, entraîné à se couler dans le moule de la nécessité depuis de longues années, le seul véritable service qu'il pouvait rendre consistait à découvrir la vérité. Mettre un nom sur le coupable n'aiderait peut-être personne, mais c'était assurément un service indispensable à rendre que de libérer les innocents du poids des accusations dont ils étaient l'objet ou qu'ils s'adressaient à eux-mêmes.

Le lendemain, Runcorn se leva de bon matin et engloutit le petit déjeuner roboratif que Mrs. Owen lui avait préparé. Elle semblait prendre plaisir à faire déborder son assiette d'œufs au bacon et de tourte aux pommes de terre, puis à le regarder se régaler. Runcorn, qui n'avait pas envie de manger autant, s'y était pourtant résigné pour répondre à son hospitalité. Au fur et à mesure que les jours passaient, la conversation entre sa logeuse et lui s'était étoffée et il avait découvert avec un intérêt croissant l'opinion qu'elle se faisait de plusieurs personnes du village impliquées dans l'affaire. Sa perception des choses était simple, mais d'une acuité parfois surprenante.

— Le révérend Costain est l'homme qu'il faut ici au presbytère, affirma-t-elle. Sa femme, quelle pauvre âme ! Une solitaire, à mon avis. Et sans enfants. Elle ne sait pas parler pour ne rien dire, si vous me comprenez. Les gens n'ont pas toujours envie de réfléchir. Miss Olivia était comme ça.

Runcorn, qui avait la bouche pleine, était dans l'incapacité de lui demander de s'expliquer plus avant ; et s'il le faisait, il craignait qu'elle ne pense en avoir trop dit et ne se montre plus réservée à l'avenir.

— Encore un peu de thé, Mr. Runcorn ? proposa Mrs. Owen, la théière à la main. Mal de tête ou cœur brisé, le thé guérit quantité de choses. Une fille charmante, Miss Olivia… aussi prompte à pleurer qu'à se réjouir, paix à son âme ! Elle n'a jamais trouvé d'homme à son goût, que je sache, malgré tout ce qu'on a raconté.

Runcorn manqua s'étouffer.

— Qu'a-t-on raconté ? demanda-t-il d'une voix rauque.

— Que des commérages idiots, répondit Mrs. Owen. Rien d'intéressant. Encore un toast, Mr. Runcorn ?

Il refusa, termina son thé et partit voir Kelsall. Cette fois, il trouva le vicaire en train de mettre un peu d'ordre dans l'église.

— Vous avez appris du nouveau ? demanda Kelsall en se précipitant à sa rencontre, les pans de sa soutane noire flottant derrière lui.

Soudain, Runcorn eut le sentiment d'avoir failli – il aurait dû faire mieux.

— Pas encore.

— Peut-être que si nous sortons, nous ne serons pas dérangés, suggéra Kelsall. Ici, je suis toujours « en service ». Dehors, il fait froid, mais, au moins, il ne pleut pas.

Et il joignit l'action à la parole sans attendre de voir si Runcorn était d'accord. Une fois dans le cimetière, il régla son pas sur celui du policier qu'il entraîna vers la porte du fond, puis sur une route qui montait en direction des collines.

— Pourquoi des gens en tuent-ils d'autres, Mr. Runcorn ? J'y ai réfléchi toute la nuit. Si quelqu'un le sait, c'est sûrement vous. C'est un moyen si barbare et si vain de résoudre un problème…

En voyant la gravité qu'exprimait son visage, Runcorn comprit que sa question était des plus sérieuses. Sans doute aurait-il dû se la poser lui-même depuis déjà plusieurs jours…

— Pour diverses raisons, répondit-il d'un air songeur. Quelquefois, c'est par cupidité, pour l'argent, le pouvoir ou un bien, par exemple une maison. D'autres fois, pour quelque chose d'aussi trivial qu'un bibelot ou un bijou.

— Pas dans le cas d'Olivia, décréta Kelsall avec assurance. Elle ne possédait rien. Elle était entièrement dépendante de son frère.

— L'ambition, poursuivit Runcorn. Il arrive qu'elle pousse les gens à la violence ou à la trahison.

— La mort d'Olivia ne rend service à personne, rétorqua le jeune vicaire. De toute façon, par ici, il n'y a rien à quoi aspirer. Tout est prévisible. Des fonctions peu élevées et qui ne procurent pas grand pouvoir.

Runcorn passa en revue quelques anciennes affaires qui lui vinrent à l'esprit, à commencer par les crimes passionnels.

— La jalousie, dit-il d'un ton sinistre. Olivia était belle et, d'après ce qu'on dit, elle possédait une qualité qui la distinguait des autres femmes, une flamme et un courage différents qu'on n'a pas l'habitude de trouver chez les personnes de son âge et de son rang. Cela peut aussi mettre des gens mal à l'aise, leur apparaître comme une menace. On peut tuer parce qu'on a peur.

Kelsall continua à marcher quelques instants en silence.

— Quel genre de peur ? finit-il par demander.

Au changement de ton dans sa voix, Runcorn comprit qu'ils venaient de s'engager sur un terrain délicat, au bord de la vérité. Il devait agir sans précipitation, sans quoi il risquait de soulever le voile sur le chagrin que le jeune vicaire s'appliquait avec tant de soin à dissimuler.

— Toutes sortes de peurs, répondit-il en observant le profil de Kelsall. Celle d'une douleur physique, par exemple, mais il s'agit plus souvent de l'inquiétude de perdre quelque chose.

— De perdre quelque chose, répéta Kelsall d'un ton pensif. De perdre quoi ?

Runcorn s'abstint de répondre, espérant qu'il proposerait lui-même une réponse.

Ils parcoururent encore une cinquantaine de mètres. Le vent s'était calmé, mais des nuages sombres et bas s'accumulaient vers l'est.

— Vous voulez dire la peur du scandale ? demanda Kelsall. Ou du ridicule ?

— Absolument. Nombreuses sont les victimes de chantage à avoir tué celui ou celle qui les persécutait.

Était-ce ce qui s'était passé ? Olivia avait peut-être appris un secret, et quelqu'un pouvait redouter qu'elle n'en profite à ses dépens. Il observa Kelsall avec autant d'attention qu'il osait se le permettre, mais il ne distingua aucun changement dans son expression. Le vicaire avait toujours l'air aussi meurtri et troublé.

On n'entendait pas d'autre bruit que le vent dans les herbes et, au loin, l'écho des vagues qui se brisaient sur les rochers.

— Olivia n'était pas comme cela, dit finalement Kelsall. Il ne lui serait jamais venu à l'idée d'aller répéter un secret… et encore moins de s'en servir. Pour faire quoi ? Les choses qu'elle désirait ne s'achètent pas.

— Que désirait-elle ?

— La liberté, répondit le jeune vicaire sans hésiter. Elle voulait être elle-même, et non ce que les conventions lui dictaient. Sans doute est-ce ce que nous voulons tous, ou pensons vouloir, même si peu d'entre nous sont prêts à en payer le prix. Être différent est toujours une souffrance…

Il s'arrêta et se tourna vers Runcorn.

— Est-ce pour cette raison qu'on l'a assassinée ? Parce qu'elle montrait aux autres à quel point ils étaient ordinaires et avec quelle facilité ils renonçaient à leurs rêves ?

— J'en doute, dit doucement Runcorn. Quelqu'un capable de voir ce qui la distinguait des autres n'aurait-il pas su également que la tuer ne changerait rien à sa propre… futilité ?

— Pas si Olivia se moquait de lui, rétorqua Kelsall. Certaines personnes ne supportent pas d'être moquées. Il arrive que le ridicule blesse au-delà de ce que certains sont capables d'endurer, Mr. Runcorn. Il frappe au cœur de ce qu'on croit être soi-même. On peut pardonner beaucoup de choses, mais pas qu'on vous fasse paraître ridicule ou lâche devant la vie. Ce genre de rage est un poison pour l'âme.

Kelsall parlait-il de lui ? Runcorn se demanda s'il n'était pas sur le point de recueillir une confession. Ce ne serait pas sans douleur, car il appréciait sincèrement le jeune vicaire. Il avait été témoin de sa gentillesse envers les faibles et les vieux, du soutien qu'il leur apportait comme si c'était pour lui un privilège et non un devoir.

— Que savez-vous, Mr. Kelsall ? Je crois qu'il est temps que vous me disiez la vérité.

— Je sais que, en ce qui concerne Olivia, Newbridge et Barclay étaient à couteaux tirés, mais j'ignore si l'un ou l'autre voulait d'elle réellement, ou bien s'ils se haïssaient simplement parce que la bataille se déroulait en public. Certaines personnes ne savent pas perdre avec élégance.

Runcorn avait du mal à suivre.

— Si c'était le cas, ne se seraient-ils pas entre-tués, plutôt que de l'assassiner, elle ?

Kelsall haussa les épaules et se remit en marche.

— Si, sans doute. Ou encore Faraday. Bien que ce soit maintenant un peu tard.

— Le commissaire principal ? s'étonna Runcorn en le rattrapant. Qu'a-t-il à voir là-dedans ?

— Oh, il lui a fait la cour lui aussi, il y a quelque temps ! Le pauvre pasteur voyait en lui un excellent parti, bien qu'il soit plus âgé qu'Olivia de plusieurs années. Il pensait que ça la calmerait un peu. Mais comme elle ne lui a donné aucun encouragement, il a fini par se lasser.

— Faraday ?

Le nom jaillit de la bouche d'un Runcorn étonné et animé d'une colère sourde. Cet homme avait courtisé Olivia et, à présent, il allait épouser Melisande ! La première l'avait repoussé. Et la seconde avait été contrainte de l'accepter.

C'était ridicule, il en avait conscience, mais il n'en continua pas moins à ressasser cette idée. Il était possible que Faraday se soit désintéressé d'Olivia parce qu'elle était écervelée, rêveuse et irresponsable. Il avait pu aimer Melisande parce qu'elle était plus douce, une visionnaire encore capable d'aimer le réel, l'humain et ses faiblesses. Une femme non seulement belle, mais assez brave pour accepter un homme ordinaire dont, qui sait ? avec le temps, elle pourrait faire quelqu'un de meilleur.

Kelsall était en train de parler, mais Runcorn avait cessé de l'écouter. Il dut demander au vicaire de répéter ce qu'il venait de dire et revenir à son interrogatoire – la seule chose pour laquelle il était doué, la compétence qui lui donnait son identité.

— Vous parliez de Mr. Barclay…

— Je crois que le pasteur l'envie, dit le vicaire en secouant légèrement la tête.

— Pour quelle raison ? demanda Runcorn, craignant toutefois de connaître la réponse.

Kelsall sourit – un sourire triste.

— Sa sœur ne discute pas avec lui. Il a une façon de lui faire comprendre ce qui doit être fait, ce que la vie exige de nous si nous tenons à survivre... D'après moi, Barclay aurait fini par convaincre Olivia, seulement il a cessé de le vouloir, peu de temps avant qu'elle meure. J'ignore pourquoi, sinon je vous le dirais. Le pasteur pensait qu'il serait un bon parti pour Olivia, mais Mrs. Costain ne l'apprécie pas. Il est vrai qu'elle n'aime pas Newbridge non plus, d'après ce que j'ai pu voir, observa Kelsall en haussant les épaules. Le pasteur a été jusqu'à accuser sa femme de souhaiter qu'Olivia reste célibataire parce qu'elle était pour elle une si bonne compagne ! Il n'empêche que ce n'était pas bien pour Olivia. Elle aurait dû se marier, avoir une maison à elle et des enfants, comme n'importe quelle femme. Et puis, pour être franc, subvenir aux besoins de deux femmes entraîne des frais importants quand on ne perçoit qu'un maigre traitement d'ecclésiastique.

Kelsall avait un air profondément malheureux.

— La peur de la pauvreté n'est pas la même chose que la cupidité, Mr. Runcorn. Pas du tout la même chose !

— Non. C'est très humain et tout ce qu'il y a de naturel. Peut-être que Miss Costain n'avait pas conscience de la charge financière qui pesait sur son frère.

— Non. Je crois qu'elle ne faisait pas toujours preuve d'un grand sens pratique, concéda Kelsall. Un homme d'Église met du temps avant de gagner de quoi entretenir une épouse… sans parler d'une sœur !

La solitude et la dérision de soi se devinaient dans sa voix, et il évita le regard de Runcorn.

— C'est pareil pour un policier, renchérit Runcorn. Sauf que la femme d'un policier doit s'attendre à beaucoup moins !

Lui aussi se moquait de lui-même. Avec son salaire, il aurait été incapable d'entretenir une femme comme Melisande pendant un mois, et encore moins une vie entière. Ce n'était pas seulement la classe sociale qui les séparait, ni même l'expérience ou les croyances, c'était l'argent et ce qu'il permettait d'acheter, le confort qu'une femme venant du milieu de Melisande acceptait sans même en avoir conscience.

Kelsall perçut le reflet de la douleur qui déchirait Runcorn ; il le regarda avec un regain d'intensité, une soudaine expression de gentillesse éclairant son visage. Il eut cependant la délicatesse de s'abstenir de tout commentaire.

Runcorn fit son rapport à Faraday avant la tombée du jour, ainsi qu'il le lui avait réclamé. L'entretien n'eut rien de plaisant et ne s'avéra guère fructueux. Au moment où Runcorn ressortit du presbytère et traversa le cimetière, Melisande vint à sa rencontre. Sortie en hâte de chez elle, elle n'avait pas mis sa cape. Le vent faisait voler ses cheveux, arrachant de longues mèches des épingles. La lumière lui donnait un air d'une infinie douceur, et une sorte de halo flamboyant rehaussait la pâleur de son teint. Elle paraissait affolée, Runcorn le vit dans ses yeux, même s'il en ignorait la raison.

Il aurait voulu pouvoir la réconforter, et pourtant il ne trouva rien à dire alors qu'il se tenait là au milieu des herbes en plein vent.

— Mr. Runcorn, expliqua Melisande avec un sentiment d'urgence, pardonnez-moi de vous suivre ainsi, mais je tenais à vous parler sans que mon frère le sache. Pouvons-nous aller sous le porche de l'église ?

— Oui, bien entendu.

Il se demanda s'il devait lui proposer son bras pour l'aider à marcher sur le sol inégal. Il aurait tant aimé sentir le contact de sa main, ne fût-ce qu'à travers l'épaisseur de sa veste… Il l'imaginait déjà. Mais si elle refusait ? Elle risquait de le juger impertinent. Ce serait aller au-devant d'une humiliation, si son geste était pris pour autre chose que de la simple politesse. Aussi se contenta-t-il d'avancer d'un pas raide vers le porche, bras le long du corps. Le silence lui était si douloureux qu'il prit la parole dès qu'ils se furent mis à l'abri.

— J'en apprends beaucoup sur Miss Costain, dit-il.

Puis il lui résuma ce que Kelsall lui avait raconté, le formulant avec plus de délicatesse, mais s'abstint de mentionner que Faraday avait courtisé Olivia lui aussi, tout en se demandant si Melisande le savait.

— Il semblerait qu'elle n'était pas d'accord pour accepter un mariage que lui aurait conseillé son frère, conclut Runcorn. Et que ce refus était la cause d'un certain malaise, en même temps qu'il entraînait une lourde charge financière.

— Vous parlez de Mr. Newbridge ? demanda aussitôt Melisande.

Runcorn ne sut quoi répondre. Il avait fait preuve de maladresse. En s'efforçant de lui fournir un résumé cohérent de son enquête, il s'était placé dans une position telle qu'il devait maintenant soit lui mentir, soit reconnaître que ses propos englobaient également son frère ainsi que son actuel prétendant.

Melisande ne tarda pas à comprendre. Son sourire se fit moqueur.

— Et de John, bien sûr ! ajouta-t-elle. Que mon frère ait fait la cour à Olivia lui aussi n'est pas un secret, même si je pense qu'il avait perdu ses illusions peu de temps avant sa mort. Je crois qu'il lui faut une femme qui possède plus de sens pratique qu'Olivia n'était décidée à en avoir.

Elle détourna les yeux en poussant un soupir, l'air exaspéré.

— Je suis désolée, c'est un euphémisme si stupide ! Olivia avait une personnalité affirmée et possédait au moins le courage de tenter de vivre ses rêves ! Lesquels n'avaient d'ailleurs rien de déraisonnable… Elle avait envie de voyager, et elle aurait été prête à travailler pour y parvenir. Mais, naturellement, la sœur d'un pasteur n'est pas censée travailler. Que peut faire une femme respectable ?

Un sentiment de regret se devinait dans sa voix, comme si elle était en train de parler d'elle-même et non d'une amie qu'elle ne comprenait que trop bien.

— Olivia n'avait pas de compétences particulières, ni une grande connaissance pratique du monde, enchaîna Melisande. Personne ne saurait survivre sans posséder ne serait-ce qu'un peu d'argent. Au moins, quand on naît pauvre, on apprend à faire quelque chose d'utile. Je me demande parfois si la nécessité n'est pas un meilleur stimulant que les rêves, pas vous ?

Brusquement, elle se tourna vers lui et le regarda dans les yeux avec une farouche candeur.

— Vous aimez ce que vous faites, Mr. Runcorn ?

Il ne sut quoi lui répondre. Il se sentit rougir, craignant qu'elle ne s'aperçût de l'émotion qui le submergeait.

— Je… pas toujours. Je… c'est…

Il avait là une chance d'être franc avec elle.

— Quelquefois, c'est un métier terrible, douloureux, dans lequel on voit des choses affreuses sans être en mesure d'apporter aucune aide.

— N'est-ce pas préférable que de ne rien voir du tout ? Et en tout cas, vous pouvez essayer !

L'éclat de cette femme était tel qu'il avait presque l'impression de la toucher dans l'air glacé. Soudain, les mots lui vinrent avec facilité.

— Oui. Et même réussir, parfois. Je ne peux pas ramener les morts, et attraper le coupable n'a pas toujours de sens, ni ne rend justice, mais cela permet d'aider et d'expliquer. Comprendre évite de demeurer dans la confusion et l'impuissance.

Melisande lui sourit.

— Vous avez de la chance. Vous avez quelque chose à faire qui en vaut la peine, et même si vous n'arrivez pas toujours à aller jusqu'au bout, vous savez au moins que vous avez tenté de le faire.

Runcorn n'avait jamais considéré son métier sous cet angle. À la façon dont Barclay en avait parlé, sa fonction faisait de lui une sorte de balayeur d'ordures. Manifestement, Melisande ne voyait pas les choses ainsi.

— Est-ce vraiment là votre point de vue ? demanda-t-il d'une voix timide.

— Oh, ne pensez pas à John ! fit-elle en secouant la tête. Il lui arrive de prendre un malin plaisir à se montrer agressif. Et de dénigrer ce qu'il ne comprend pas. Ça correspond chez lui à une sorte de… peur. Nous avons tous peur de quelque chose, si nous sommes honnêtes.

— De quoi avait peur Olivia ?

Il osait à peine poser la question. Étaient-ils en train de parler d'Olivia… ou bien de Melisande ?

De nouveau, elle détourna le regard.

— De la solitude, répondit-elle. De l'échec. D'arriver à la fin de sa vie et de se rendre compte de toutes les choses belles et passionnées qu'on aurait pu réaliser, sans avoir eu le courage de le tenter. Et qu'il ne soit alors trop tard…

Melisande se tut, non qu'elle n'eût plus rien à dire, mais il semblait lui être insupportable de s'exprimer à haute voix.

Peut-être aurait-il dû se tourner vers le mur nu de l'église, ou vers les tombes sculptées et décorées, toutefois il n'en fit rien. Le chagrin qu'éprouvait Melisande était palpable, et il sentait qu'elle n'avait pas seulement de la compassion pour Olivia, mais une conscience aiguë de sa propre souffrance et de son sentiment de vide. Il n'avait jamais eu autant envie de toucher quelqu'un, quoiqu'il sût que c'était impossible – pas même sa main sans gant et certainement glacée qui pendait le long de son corps. En dehors de ses compétences, Runcorn n'avait pas d'autre réconfort à lui apporter, et il redoutait désormais que ce qu'il risquait de découvrir sur Barclay ne s'avère plus vil qu'elle ne l'imaginait.

Néanmoins, il se devait de chercher la vérité, quelle qu'elle fût. Ce paysage immense et intact aux distances infinies lui avait fait prendre conscience de façon troublante de ses propres déficiences, de cette étroitesse d'esprit que Monk avait tant méprisée. D'un seul coup, il éprouva le désir de changer, pour lui-même, et non pour satisfaire les rêves de Melisande, si doux ou désespérés qu'ils fussent. Il était conscient d'une béance qu'il ne parvenait pas à nommer. Le silence qui régnait agissait comme un baume, mais ce vide en lui exigeait d'être comblé.

— Je trouverai le coupable, déclara-t-il. Mais ce ne sera pas agréable. Cela fera apparaître une haine dont vous ignoriez l'existence, et une faiblesse que vous n'aviez jamais eu à voir jusqu'à ce jour. J'en suis désolé.

— Je sais, acquiesça Melisande. Il serait ridicule d'imaginer, comme un petit enfant, qu'il s'agit de quelque chose qui se trouverait là à l'extérieur, d'un coup de folie qui serait venu nous frapper. C'est un mal qui vient de l'intérieur. Merci de votre franchise.

Elle hésita un instant, comme si elle allait ajouter quelque chose, puis elle se contenta de lui souhaiter bonsoir et lui adressa un bref sourire avant de s'éloigner.

Runcorn lui emboîta le pas, ne sachant pas s'il devait l'accompagner ne serait-ce que jusqu'à la grille de la grande maison, avant de se rendre compte de l'absurdité qu'il y aurait eu à le faire. Melisande était venue à sa rencontre au milieu de l'enchevêtrement des tombes, puis elle lui avait parlé sous le porche de l'église, précisément pour que personne ne les voie ensemble.

Il fit demi-tour et repartit chez Mrs. Owen, où l'attendrait quelque chose de chaud à boire et à manger.

Le lendemain matin, Runcorn fit un nouveau rapport à Faraday, qui le reçut en ayant l'air de caresser l'espoir qu'il avait enfin découvert une preuve concrète. Son expression s'évanouit aussitôt.

— Je crois que vous m'avez mal compris, Runcorn, lança-t-il d'un ton acerbe. Il est inutile que vous continuiez à venir ici me dire que vous n'avez rien appris.

Runcorn fut pris d'une sensation de froid – et, l'espace d'un instant, de la colère irréfléchie et malvenue à laquelle il aurait laissé libre cours voilà encore un an. Il la réprima sur-le-champ.

— J'ai eu une longue conversation avec Kelsall qui m'a permis de clarifier plusieurs points dans mon esprit.

Faraday lui jeta un regard incrédule, mais il ne lui coupa pas la parole. Son visage affichait sans ambiguïté ce qu'il pensait de l'esprit de Runcorn si une conversation avec le vicaire avait pu lui éclaircir les idées.

Runcorn se sentit rougir. Il reprit d'une voix qu'il savait dure, mais qui échappa à son contrôle :

— Il m'a interrogé sur la nature des mobiles qui poussent les gens à commettre un meurtre. En général, ils sont simples : la cupidité, la peur, l'ambition, la vengeance, l'outrage…

— Venez-en au fait, Runcorn. Qu'est-ce que cela nous apprend que nous ne sachions déjà ? Miss Costain ne représentait une menace pour personne !

— Pas de façon physique, mais elle l'était en termes de réputation ou de croyance, de défi envers l'autorité, de risque d'exposer une chose d'ordre privé, honteuse ou embarrassante.

— Oh… Vous pensez sans doute que Miss Costain connaissait des secrets ? Jamais elle ne les aurait trahis ! Si vous l'aviez fréquentée, l'idée ne vous aurait même pas traversé !

— Et s'il s'agissait de quelque chose d'illégal ?

Faraday fronça les sourcils.

— De qui aurait-elle connu les secrets ? Je vais devoir poser la question à Costain…

— Non, surtout pas !

— Pourtant, il est le mieux placé pour savoir qui aurait… Dieu du ciel ! s'exclama soudain Faraday en fermant les yeux. Vous ne supposez tout de même pas qu'il…

— Je n'en sais rien, l'interrompit Runcorn. Mais il existe des peurs d'un autre genre. Comme celle d'être humilié, d'être moqué, de voir ses insuffisances révélées au grand jour.

— Voilà qui me paraît quelque peu fantaisiste ! lança Faraday, bien que son teint rouge démentît sa remarque.

— Newbridge courtisait Miss Costain, et elle l'a repoussé, observa Runcorn avec assurance. Et John Barclay en a fait autant.

Faraday se mordit la lèvre.

— Vous pensez qu'il est capable d'une pareille violence ?

— L'a-t-elle oui ou non repoussé lui aussi ? enchaîna Runcorn.

— Oui, je crois. Mais il n'a tout de même pas pu…

Ses yeux s'écarquillèrent, la réponse s'imposant tout à coup à lui.

Runcorn le vit, et la colère le gagna en repensant à Melisande. Cet homme était sur le point de l'épouser, et cependant, afin de résoudre un meurtre, il était prêt à croire son frère coupable ! À moins que sa réaction ne reflétât le fait qu'il avait acquis une meilleure connaissance de Barclay que Runcorn, notamment pendant le temps où il avait courtisé Olivia... Faraday se retrouvait-il confronté à un chagrin qu'il avait tenté de refouler mais qu'il ne parvenait plus à cacher ?

— Vous le connaissez mieux que moi, poursuivit Runcorn avec plus de gentillesse. Comment a-t-il réagi lorsqu'elle l'a repoussé ? Son amour pour la jeune femme était-il sincère ?

Faraday parut étonné.

Runcorn s'avisa aussitôt que cet aspect des choses n'avait pas effleuré l'esprit de Faraday une seconde. Cet homme n'avait aucune compréhension de ce qu'étaient la passion, le désir, la tendresse et l'élan du cœur, pas plus que de ce que cela pouvait signifier d'être plongé dans le désespoir. L'amour n'était pour lui rien de plus qu'un arrangement, une vague affection. Runcorn fut traversé par une rage d'une telle intensité qu'il aurait pu frapper le visage fade et suffisant de Faraday pour lui faire ravaler ses certitudes. Il avait envie de sentir le sang et les os sous ses poings.

Était-ce ce qu'avait ressenti l'assassin d'Olivia ? À cette différence près qu'il s'était servi d'un couteau à découper ? Pourquoi ? L'assassin était-il une femme ? Quelqu'un qui ne possédait pas la force physique suffisante pour frapper mais n'en avait pas moins la volonté ?

— Ce n'est pas nécessairement un homme, dit Runcorn à haute voix. À qui d'autre Newbridge faisait-il la cour ? Ou John Barclay ? Qui aurait pu aimer ou vouloir ces hommes avec un tel instinct de possession ?

— Une femme ? s'étonna Faraday. Mais c'est un crime… violent ! Brutal !

— Les femmes sont parfois aussi brutales que les hommes, répliqua sèchement Runcorn. Cela arrive moins souvent, pour de simples raisons d'opportunité et sans doute d'éducation, mais leur rage est tout aussi féroce, et quand elle éclate après avoir été jugulée pendant des années, elle n'en est que d'autant plus violente.

— Par jalousie ? dit Faraday, envisageant l'hypothèse et regardant cette fois Runcorn dans les yeux sans ciller. À cause de Newbridge ? Non, je ne crois pas. Enfin, pour être honnête, je n'y avais pas pensé. Je demanderai à Warner de regarder ça de plus près. John Barclay, ça me semble possible. Il peut être charmant et a une haute opinion de lui-même. Il ne se laisserait pas repousser aisément.

— Kelsall m'a dit que c'était lui qui avait renoncé à Miss Costain, corrigea Runcorn.

Faraday haussa les épaules en esquissant un petit sourire.

— C'est peut-être ce qu'elle lui a raconté, rétorqua-t-il. Ils étaient amis, et elle n'a sans doute pas voulu qu'il pense qu'elle avait été rejetée. N'oubliez pas qu'Olivia était une jeune femme difficile, Runcorn. Si vous avez l'intention de résoudre ce meurtre, vous devrez en tenir compte. Elle était rêveuse, peu réaliste, égocentrique… et très volontaire dans certains domaines. Elle refusait régulièrement d'être conseillée par son frère, un homme d'une patience infinie envers elle et qui, je regrette d'avoir à le dire, n'est pas toujours soutenu au mieux par son épouse. John Barclay a beaucoup plus de chance, et il est plus sage, force m'est de le reconnaître, même s'il n'est pas sans vanité.

À cette allusion indirecte à Melisande, Runcorn sentit l'étau de fer se resserrer autour d'elle comme s'il s'agissait de lui. Mentalement, il était encore à ses côtés dans le cimetière et entendait sa voix lui parler d'Olivia, tremblante d'émotion, en sachant bien que cette peur la concernait elle aussi. Melisande était cependant une femme qui se soumettait à la nécessité. Olivia s'était rebellée. Y avait-il un lien ? De quelle façon ? Il n'y avait encore rien là qui lui permît de discerner avec certitude qui était innocent ou coupable.

— Merci, dit brusquement Faraday, coupant court à ses ruminations. S'il s'agit d'une femme, cela expliquerait pourquoi Miss Costain n'a pas eu peur d'emblée. Par ailleurs, toutes les personnes que nous avons interrogées avaient en tête un homme…

Ses épaules se détendirent et il sourit brièvement.

— Merci, Runcorn. Je vous sais gré de votre avis d'expert… et de votre temps, bien sûr !

Runcorn n'était pas satisfait. Il avait soulevé des questions en présence de Faraday, mais il ne lui avait apporté aucune réponse. Quelle idée se faisait-il de la femme qu'avait été Olivia Costain ? En quoi la vision qu'il en avait était-elle influencée par les sentiments de Kelsall à son égard ? Qu'éprouvait-il lui-même pour Melisande ? Il ne faisait pas son travail. Lui qui, dans un lointain passé, avait reproché à Monk ses émotions, le plus souvent l'impatience et la colère, eh bien, il se comportait de la même façon ! Monk se serait moqué de lui !

Et soudain, non sans surprise, voilà qu'il faisait un saut vers la liberté – il s'aperçut que ça lui était égal. Si l'opinion que les autres avaient de lui était encore à même de le blesser, elle ne pouvait plus ni le contraindre ni le détruire.

En outre, Runcorn se rendait compte qu'il en apprendrait davantage sur la vie d'Olivia Costain auprès de ceux qui étaient moins proches d'elle et qui la voyaient du même coup avec davantage de lucidité. Il en apprendrait beaucoup plus par là même, et en toute discrétion, sur Alan Faraday. Si une terrible et violente jalousie était en cause, elle pouvait tout aussi bien le concerner. Ce qui voudrait dire que Melisande serait en danger elle aussi…

Fallait-il qu'il l'avertisse ? Mais de quoi ? Il n'en avait aucune idée.

En descendant la route qui serpentait vers le village, il s'avisa qu'il ne croyait nullement qu'une femme ait été jalouse d'Olivia, ou qu'une femme avait eu peur d'elle. Olivia Costain avait défié l'ordre des choses. Elle avait bouleversé les certitudes en se moquant des anciennes coutumes et en brisant les règles.

Mais qui se souciait suffisamment de cela pour tuer celle qui transgressait, qui blasphémait ? Ce pouvait être une femme. Ou un homme dont le pouvoir et l'autorité dépendaient de règles immuables. Qui qu'il fût, l'assassin avait même pu se sentir justifié dans le fait de se débarrasser d'elle avant qu'elle ne détruise davantage.

Le révérend Costain ? Le commissaire principal Faraday ? Ou bien Newbridge, le seigneur du château, dont les origines sur l'île remontaient à plusieurs siècles ?

Runcorn s'arrêta en face d'une maison où il n'était encore jamais allé et frappa à la porte. La femme aux cheveux blancs qui lui ouvrit était courbée en deux sur sa canne, mais elle avait l'œil vif et n'eut aucune difficulté à l'entendre lorsqu'il lui adressa la parole.

— Miss Mendlicott ?

— Oui, c'est moi. Et vous, qui êtes-vous, jeune homme ? Vous avez l'accent de Londres. Si vous êtes perdu, inutile de me demander votre chemin, étant donné qu'il n'y a que des nouvelles routes depuis la dernière fois que j'ai mis un pied hors de chez moi…

— Je ne suis pas perdu, Miss Mendlicott. Je souhaiterais vous parler. Et vous avez deviné juste, je vis en effet à Londres, où je suis policier. En fait, c'est de la mort de Miss Costain que je souhaiterais m'entretenir avec vous. Vous avez été sa maîtresse d'école, n'est-ce pas ?

— Mais oui ! J'ai été leur institutrice à tous. En tout cas, si je savais qui l'a tuée, vous n'auriez pas eu besoin de venir me voir, jeune homme, je vous aurais fait appeler. Ne me laissez pas là debout dans le froid. Comment vous appelez-vous ? Je ne vais quand même pas continuer à vous appeler « jeune homme » ! D'autant que vous n'êtes plus si jeune !

— Commissaire Runcorn, Miss Mendlicott. Merci, je veux bien entrer un instant.

Il ne lui précisa pas qu'il avait cinquante ans. Autrement dit, vingt ans de plus que Melisande.

La vieille demoiselle le conduisit jusqu'à un petit salon dans lequel tenaient difficilement deux fauteuils, mais où régnait une agréable chaleur. Sur la cheminée était posée une petite carafe contenant des primevères et une branche de romarin. Anglesey ne cessait de le surprendre…

Il lui expliqua sans détour qu'il voulait en savoir plus sur les hommes qui avaient fait la cour à Olivia et qu'elle avait repoussés.

— Pauvre enfant ! dit Miss Mendlicott d'une voix triste. Olivia comprenait à la fois tout et rien. À quatorze ans, elle était capable de nommer la plupart des oiseaux qui volent dans le ciel et ne se doutait pas le moins du monde que si peu de gens passent du temps à les regarder. Elle était aussi aveugle qu'une chauve-souris !

Runcorn s'efforçait tant bien que mal de la suivre.

— Vous voulez dire par là qu'elle était naïve ?

— Je veux dire qu'elle ne voyait pas où elle allait, oui ! Naïve, elle l'était, c'est sûr. Sa vue était parfaite. Seulement, elle ne voulait pas voir.

— Savez-vous si Sir Alan Faraday lui a fait une cour assidue ?

— Un beau garçon, observa Miss Mendlicott en regardant le jardin d'hiver aux arbres dénudés. Bon au cricket, si je me souviens bien. À moins que ce ne soit quelqu'un qui me l'ait dit. Je ne l'ai jamais vu à l'œuvre, d'ailleurs, je n'ai jamais rien compris à ce jeu.

— Faisait-il la cour à Miss Costain ? répéta Runcorn.

— Naturellement ! Elle n'avait cependant aucune patience avec lui. C'est un brave homme, mais il est ennuyeux. Olivia me parlait de lui.

Elle passait me voir toutes les semaines. Elle m'apportait de la confiture.

Ses yeux se remplirent de larmes. Sans honte, elle les laissa couler sur ses joues.

— Elle vous parlait de Sir Alan ?

— Il a plutôt réussi, dit la vieille demoiselle en secouant un peu la tête. Il a grandi sur l'île, puis il est parti au sud, sur le continent.

— En Angleterre ?

Elle lui décocha un regard brillant de mépris.

— Au pays de Galles, mon garçon ! Au pays de Galles !

Runcorn ne put s'empêcher de sourire.

— Mais Olivia l'a refusé.

— Évidemment ! Elle l'aimait bien. Un homme gentil, quand on le connaît, disait-elle. Bon cavalier, calme, la main légère… Avec un cheval, c'est indispensable. Une main lourde abîme la bouche des chevaux. Et il adore la terre. C'est ce qu'il y a de mieux chez lui.

— Mais elle a refusé sa proposition de mariage ?

Runcorn n'avait aucune envie d'imaginer Faraday faisant partie de ce paysage immense et magnifique, avec son vent et ses distances infinies, alors que lui-même allait devoir s'en aller pour retrouver le vacarme et les fumées de Londres. En revanche, il lui plaisait de penser qu'il était un homme capable d'aimer et de donner de lui-même, d'être gentil… et de diriger d'une main légère.

— Était-il en colère qu'Olivia l'ait repoussé ? insista-t-il.

Miss Mendlicott le dévisagea comme s'il se comportait en élève délibérément obtus.

— Cela va de soi ! Vous ne le seriez pas ? Vous offrez à une ravissante jeune femme sans le sou votre nom, votre place dans la société, votre fortune et votre loyauté, et elle vous répond qu'elle n'en veut pas !

Runcorn s'efforça d'imaginer la scène. Faraday avait-il aimé Olivia Costain ? Il n'en avait en tout cas rien laissé paraître quand il avait parlé d'elle après sa mort. L'avait-il oubliée lorsqu'il s'était épris de Melisande ? L'idée lui semblait trop cruelle pour qu'il s'y appesantisse.

— Pour quelle raison Olivia l'a-t-elle repoussé ? Lui préférait-elle quelqu'un d'autre ?

Miss Mendlicott sourit.

— Ça ne pouvait déboucher sur rien de concret. Olivia manquait parfois d'un peu de bon sens. Quand elle voyait des fleurs sous son nez, elle en comptait les pétales, quand elle voyait des étoiles, elle vous donnait leurs noms, mais, à moyenne distance, sa vision devenait confuse, comme lorsqu'il y a de la brume sur un champ.

Des larmes remplirent de nouveau ses yeux, qu'elle se garda d'essuyer. Elle n'allait pas se cacher ni s'excuser devant un homme qui venait de Londres – pas plus que devant qui que ce soit d'autre, d'ailleurs.

— Il y avait quelqu'un, quelqu'un de peu réaliste, conclut Runcorn.

Le coupable pouvait-il après tout être Kelsall ? S'il avait de la peine à subvenir à ses besoins, qu'en avait-il été une fois marié ?

— Un poète, répliqua la vieille demoiselle en reniflant. Et un explorateur. Tout ce qu'il y a de romantique et de ridicule ! Et qui s'est rendu dans les monts de la Lune !

— Quoi ? fit Runcorn, la stupéfaction lui faisant oublier toute courtoisie.

— En Afrique ! précisa Miss Mendlicott d'un ton cinglant. Certains de ces explorateurs ont l'esprit très fantasque. Dieu sait où ils auraient atterri, si Olivia était partie avec lui !

— L'aurait-elle voulu ?

Poser cette question lui fut étonnamment douloureux, car il imaginait sans mal la solitude que la jeune femme avait dû ressentir en restant là. Pour lui qui avait toujours été un homme pragmatique, imaginer qu'on pût se nourrir de rêveries était une découverte toute récente. Il s'était fait à l'idée d'une vie solitaire, ses amitiés étaient fonction d'un travail qui exigeait de plus en plus de temps et d'efforts. Et c'était lui à présent qui se retrouvait déchiré par d'impossibles rêves. Comment pourrait-il reprocher à Olivia ses aspirations ?

Miss Mendlicott l'observait d'un œil vif et amusé. La différence d'âge entre eux était suffisante pour qu'elle ait pu être sa maîtresse d'école, et sans doute était-ce ainsi qu'elle le regardait en cet instant.

— Olivia ne s'est pas confiée à moi là-dessus, répondit-elle.

Il comprit que c'était sa manière d'éviter de lui répondre. Et cela voulait dire qu'Olivia avait aimé l'homme aussi bien que la perspective de l'aventure, mais qu'un certain nombre d'obstacles avaient rendu son départ impossible. Peut-être ne lui avait-il même jamais demandé de le suivre.

Que pouvait bien venir faire là-dedans le brave, honnête, mais si prévisible Faraday ? Cela n'avait désormais plus d'importance, parce qu'Olivia n'était pas partie. Elle avait repoussé Faraday, Newbridge et John Barclay, et sans doute fini par lasser la patience à toute épreuve de son frère.

Runcorn remercia Miss Mendlicott et s'en alla.

Après sa visite à Miss Mendlicott, Runcorn retourna au presbytère, interrompant Costain dans la préparation de son prochain sermon dominical. Le pasteur avait l'air épuisé et accablé.

Runcorn éprouva de vagues scrupules à l'idée de l'importuner avec des questions qui ne pourraient qu'être pénibles, bien que ce genre de chose ne l'eût encore jamais arrêté jusqu'à présent, et qu'il ne pût se permettre de commencer maintenant. Faire son devoir avait quelque chose de rassurant.

— Je ne vois pas quoi vous dire de plus, commença Costain d'un air las. Olivia pouvait être exaspérante – le Seigneur m'en est témoin ! –, mais je n'imagine pas qui se serait mis dans une telle rage au point de vouloir s'en prendre à elle. C'est sûrement un fou. Personne parmi nos connaissances n'est aussi dépravé !

— De tels actes sont toujours difficiles à comprendre, convint Runcorn. Il n'en est pas moins indéniable que quelqu'un l'a tuée.

« Je crois savoir que Miss Costain s'était éprise d'un jeune poète et explorateur, ajouta-t-il, soucieux de ne pas perdre inutilement un temps précieux.

Le pasteur fronça les sourcils.

— Percival ? Oh, un homme intéressant, et un savant, mais ce n'était pas du tout un prétendant. Il avait beaucoup d'éloquence. Néanmoins cette histoire remonte à plus de deux ans. Et ensuite, il est parti en Afrique, à moins que ce ne soit en Amérique du Sud, je ne me rappelle plus.

— Les monts de la Lune, l'aida Runcorn.

— Pardon ? fit Costain d'une voix dure, comme s'il soupçonnait Runcorn d'une excessive désinvolture.

— En Afrique, dit ce dernier en rougissant, sachant que c'était exactement le genre de maladresse que lui reprochait Monk. C'est en tout cas ce qu'on m'a dit. Est-ce qu'une telle aventure aurait pu enflammer l'imagination de Miss Costain, la pousser à comparer ce qu'offraient ses prétendants plus réalistes avec un rêve inaccessible ?

— C'est probable ! s'exclama Costain en repoussant ses cheveux. Peut-être… Mais quel rapport avec sa mort ? Ces hommes ont fini par perdre patience. Faraday va épouser Mrs. Ewart, ai-je cru comprendre. Et si Newbridge était contrarié qu'Olivia l'ait repoussé, ce n'est pas une raison pour perdre la tête. C'est un homme parfaitement convenable. Je l'ai presque toujours connu. Sa famille vit sur l'île depuis des générations. Il pourrait trouver des quantités d'autres jeunes femmes qui lui conviennent. Pardonnez-moi de vous dire cela, Mr. Runcorn, mais vous cherchez à voir une passion violente là où il n'y a que de l'agacement et du désagrément ou, au pire, de la déception. Je ne peux m'empêcher de penser que vous vous êtes engagé sur une mauvaise piste.

Au fond de lui, Runcorn craignait que Costain n'eût raison. Son attention était attirée par les émotions qui entouraient les fiançailles d'Olivia, ou plutôt les non-fiançailles, car il sentait que c'était le genre de situation d'où pouvait surgir une extrême violence. À moins qu'il n'y accordât trop d'importance parce qu'il était tombé amoureux pour la première fois de sa vie…

Cependant rien ne l'aurait poussé à tuer pour autant, et certainement pas Melisande. Il désirait son bonheur, voulait qu'elle soit aimée et épouse un homme digne d'elle, catégorie dans laquelle il ne mettait pas Faraday. Mais, à la vérité, peut-être ne jugerait-il jamais aucun homme digne de Melisande.

Il remercia le révérend Costain et demanda à voir sa femme. La permission lui fut accordée, quoique avec une certaine réticence. Runcorn se retrouva dans le salon face à Naomi.

— Êtes-vous plus près de la vérité, Mr. Runcorn ? demanda-t-elle dès qu'elle eut refermé la porte.

Elle parlait très bas, comme si elle ne voulait pas que son mari pût l'entendre.

— Je ne sais pas trop, répondit-il avec franchise. Miss Costain n'a pas eu peur de celui qui l'a tuée, et ce jusqu'au dernier moment, quand il a été trop tard. Ce qui laisse supposer qu'il s'agissait d'une personne qu'elle connaissait, voire qu'elle appréciait. Et la violence du crime suggère une intense émotion.

En observant son visage, il vit la souffrance qu'elle ressentait, si profonde qu'il se sentit coupable.

— Quelqu'un qui la connaissait bien et qui la haïssait, dites-vous ?

Naomi Costain regarda vers le jardin d'hiver dépouillé où les branches des arbres s'enchevêtraient sur le ciel.

— Olivia éveillait chez les gens des sentiments étranges, parfois une sorte de malaise, le regret face à l'inaccessible. Elle ne se contentait jamais d'être ordinaire, mais est-ce là un péché ? fit-elle en se tournant afin de scruter son regard. Elle nous rappelait les possibilités pour lesquelles nous n'avons pas le courage de nous battre. Nous avons trop peur de l'échec. Est-ce que l'on tue pour cela ?

— On peut tuer pour préserver sa sécurité, répondit Runcorn, surpris par ses propres paroles. Olivia menaçait-elle la tranquillité de qui que ce soit, Mrs. Costain ?

Elle alla se poster de l'autre côté de la fenêtre.

— Pas du tout. C'était une chose stupide à dire de ma part. Je suis désolée. Je ne sais même pas ce qu'Olivia faisait dehors à cette heure de la nuit en plein hiver ! Elle avait dû se disputer avec quelqu'un.

— À quel sujet ? demanda Runcorn. Qui aurait-elle été retrouver dans le cimetière ? Son assassin est venu armé d'un couteau, signe qu'il avait bel et bien l'intention de lui faire du mal.

Naomi Costain tressaillit et grimaça en croisant les bras sur sa poitrine.

— Je n'en ai aucune idée.

Runcorn eut la forte impression qu'elle mentait. Rien ne le lui indiquait sinon une légère tension dans les épaules, un ton de voix différent. Protégeait-elle son mari ? Ou elle-même ? La menace que représentait Olivia était-elle à chercher plus près de chez elle que tout le monde ne l'avait d'abord pensé ? Par désespoir, Olivia avait-elle tenté de contraindre son frère à subvenir à ses besoins *ad vitam aeternam*, et avait-il jugé cette charge trop lourde à supporter ? Perdant la maîtrise de lui-même déjà mise à mal, avait-il choisi un dénouement tragique ? Une telle situation aurait correspondu à chacun des faits qu'ils connaissaient.

Mais quel était ce secret ? Que cachait cette maison paisible pleine de tristesse et d'apparence si conventionnelle ?

— Il me semble que vous en avez une, Mrs. Costain. Vous connaissiez votre belle-sœur aussi bien que n'importe qui. Vous aviez pour elle de l'affection et vous la compreniez. Vous devez savoir également ce que coûtait à votre époux le fait qu'elle reste célibataire et refuse les demandes en mariage les unes après les autres sans vouloir donner de raison… à moins qu'elle ne se soit confiée à vous ?

Naomi Costain se retourna vers Runcorn, le regard fulminant de colère, une expression dure sur les lèvres.

— Si je savais qui a tué Olivia, je vous le dirais. Mais je ne le sais pas. Pas plus que je ne sais quoi que ce soit qui pourrait vous être utile. J'ai reconnu qu'elle était quelqu'un de dérangeant et que beaucoup de gens avaient du mal à la comprendre. Je n'ai rien de plus à vous dire. Aussi vous prierai-je de ne pas perdre davantage votre temps, et le mien, en me posant de pareilles questions. Bonne journée, Mr. Runcorn ! La bonne va vous raccompagner.

— Comment osez-vous vous comporter avec autant d'insensibilité et de grossièreté ? l'accusa Faraday le soir même, lorsque Runcorn se rendit sur son injonction dans la grande maison.

Ils se tenaient debout dans la bibliothèque. Les lampes à gaz étaient allumées et un bon feu ronflait dans l'âtre.

— Vous n'aborderez plus ce sujet avec Mrs. Costain, enchaîna Faraday. S'il est nécessaire de lui poser des questions, je m'en chargerai. N'avez-vous donc aucune idée de ce que cette pauvre femme doit ressentir ?

Son visage était écarlate, ses traits tirés par l'anxiété, et peut-être était-il gagné par un sentiment de panique à mesure que l'échec de son enquête se précisait. Ils n'en savaient toujours pas plus que le matin où Olivia avait été découverte dans le cimetière. Tous les fils qu'ils essayaient de tirer se cassaient entre leurs mains. Cependant, étant donné que Runcorn ne dépendait pas du commissaire principal, ce n'était pas lui que l'on blâmerait si le meurtre d'Olivia Costain demeurait irrésolu. Faraday était le seul qui eût quelque chose à y perdre.

— Elle ment, dit Runcorn. Elle sait quelque chose sur ce qui aurait pu provoquer la rage singulière que nous avons constatée dans ce crime.

— Dieu du ciel ! explosa Faraday en fermant les yeux. Vous ne le lui avez tout de même pas dit ? Vous l'avez fait ! Inutile de nier, je le vois sur votre visage. Vous n'êtes qu'un mufle ! s'écria-t-il tout à coup d'une voix brutale. C'est peut-être ainsi que l'on procède dans les bas-fonds et les bordels où vous officiez d'habitude, mais sachez que les gens d'ici sont des personnes convenables, qui appartiennent à la bonne société, des gens qui ont de la classe et des valeurs chrétiennes. Cet homme est pasteur, Runcorn ! N'avez-vous donc aucun…

Faraday exhala un gros soupir.

— Non, je suppose que non… J'ai eu tort de vous autoriser à franchir le seuil de cette maison.

Soudain, Runcorn eut l'impression que le feu avait jailli de l'âtre pour l'embraser. Faraday avait peut-être raison. Il était maladroit et avait toujours été dépourvu de la grâce de quelqu'un comme Monk. Lui-même n'avait accédé à son poste qu'à force de patience laborieuse, de détermination, de volonté de réussir, traversé sans doute à l'occasion d'un éclair de compréhension sur la manière dont les pauvres et ceux qui avaient peur usaient de représailles. Le fait qu'il tienne sa parole incitait les gens à placer en lui leur confiance, mais il n'avait rien d'un gentleman – on ne lui avait jamais appris à en être un.

— Je ne lui ai pas dit qu'elle mentait, expliqua-t-il posément. J'ai dit que je croyais qu'elle savait quelque chose en rapport avec le crime qu'elle n'avait pas mentionné. Et je pense que si elle se plaint avec tant de véhémence, c'est parce que c'est vrai.

— N'empirez pas votre cas ! l'implora Faraday. Vous êtes comme un éléphant dans un magasin de porcelaine, mon vieux. Sortez-en ! Dieu seul sait qui a tué Olivia Costain, mais nous ne le découvrirons sûrement pas en recourant à vos méthodes !

La voix éraillée de Faraday trahissait son sentiment d'échec. Il devait avoir chaud, là dans cette pièce, si près du feu, dans sa superbe veste. Taillée dans le meilleur tweed, elle symbolisait l'élégance décontractée de qui n'a nul besoin d'impressionner.

Et pourtant, il en aurait eu diablement besoin ! Toute l'île avait les yeux braqués sur lui, attendant qu'il les débarrasse du fardeau de la peur et leur annonce que l'affaire était terminée, que justice serait rendue. Il n'avait aucune idée de la manière de s'y prendre, et ce qui était une évidence pour Runcorn le serait sans doute bientôt pour tous les autres.

Malgré lui, Runcorn se sentait désolé pour Faraday. Personne n'attend jamais grand-chose des hommes ordinaires. On leur reconnaît le droit à l'échec. Et bien que cela ait un coût, c'est une part familière de leur vie. Chez les hommes extraordinaires, en revanche, chez ceux qui avaient le privilège et la charge de Faraday, l'échec était paralysant. Le commissaire principal ne savait pas comment y faire face. Rien ne l'avait préparé à l'amertume ou à la honte de la défaite. Sans doute avait-on attendu de lui toute sa vie qu'il se coule dans un moule, qu'il triomphe, qu'il endure la douleur ou la perte sans jamais se plaindre.

Faraday s'imaginait-il que Melisande avait besoin qu'il se montre irréprochable, et que, faute de quoi, elle ne l'aimerait pas ? Cette attitude lui venait-elle de son amour pour Olivia, ou bien tenait-elle à sa vie tout entière, à son éducation, l'avait-il héritée de sa famille, comme son père avant lui ? Pensait-il que si un proche, une épouse par exemple, avait connaissance de ses faiblesses, il pourrait s'en servir pour en tirer un quelconque avantage, le manipuler ou se moquer de lui ?

Nul ne saurait avoir toujours raison. Tout homme a ses failles, qui le rendent terriblement vulnérable. Ne jamais tenter quoi que ce soit qui risque d'entraîner souffrance ou défaite revient à se comporter en lâche devant la vie. On aime ceux qui sont assez braves pour essayer. Runcorn avait vu parfois des femmes aimer les vaincus avec beaucoup plus de tendresse et de passion que les vainqueurs. Aimer quelqu'un voulait dire le protéger, en prendre soin, en avoir besoin autant que lui être indispensable.

Comment lui-même savait-il cela alors que Faraday l'ignorait ?

Le silence s'était éternisé sans que Runcorn ait cherché à se défendre.

— Mieux vaut dans ce cas que vous vous occupiez vous-même des Costain, déclara-t-il. Car la femme du pasteur sait des choses qu'elle se refuse à me dire.

— C'est absurde, rétorqua Faraday. Je vous remercie pour votre aide, bien qu'elle ne se soit avérée d'aucune utilité. Vous êtes libre de quitter Anglesey dès que vous le souhaiterez. Bonsoir.

Runcorn avait déjà franchi la grille et rejoint la route lorsque Melisande le rattrapa.

— Mr. Runcorn !

Il se retourna. Ils étaient derrière la haie, inaccessibles aux regards depuis les fenêtres de la maison. Sans doute ne la reverrait-il plus très souvent, et certainement pas en tête à tête. Il lui fit face, s'efforçant de graver en lui la ligne de ses sourcils, de sa joue et de ses lèvres, la couleur et la lumière de ses yeux afin de ne jamais les oublier.

— J'ai entendu Alan vous demander de partir, dit Melisande d'un air inquiet. Il ne se rend pas compte à quel point sa voix porte… Mais ne l'écoutez pas, je vous en prie. Il a peur de ne pas parvenir à résoudre ce crime et qu'on ne lui en fasse le reproche. Il prend ses responsabilités très au sérieux.

— Il ne souhaite pas que je m'attarde ici, lui fit observer Runcorn.

— Est-ce important ? Il a besoin de vous, comme nous tous. Quelqu'un a tué Olivia, nous ne pouvons pas faire comme s'il s'agissait de je ne sais quelle force de la nature et non d'une personne parmi nous ! Tant que nous ne saurons pas qui est le coupable, nous passerons notre temps à nous soupçonner les uns les autres.

— Savez-vous quelque chose au sujet de l'explorateur qu'Olivia avait rencontré ? Aurait-elle pu l'aimer ?

Melisande réfléchit une seconde.

— Elle ne m'en a jamais rien dit, pourquoi l'aurait-elle fait ? Nous parlions souvent ensemble. Elle m'a plu dès notre première rencontre, mais nous discutions plus de livres, d'idées ou de lieux que des gens que nous fréquentions… et jamais des hommes.

Une sombre pensée traversa l'esprit de Runcorn, mais il ne pouvait pas faire part d'une chose aussi peu délicate à Melisande, et encore moins la suggérer à propos d'une femme qui avait été son amie. Il sentit la chaleur le gagner tandis qu'il repoussait cette idée, sans parvenir à s'en débarrasser tout à fait.

— Pensez-vous que c'est quelque chose qui a un rapport avec le révérend Costain ? interrogea Melisande. Est-ce pour cette raison que vous avez parlé à Naomi avec autant de franchise ?

Elle s'efforçait de lire dans le regard de Runcorn, peut-être afin d'y découvrir ce qu'il n'était pas prêt à lui dire.

— Je pense que Mrs. Costain cherche à protéger à la fois son mari et Olivia, répondit-il, s'engageant sur un chemin précaire entre vérité et mensonge.

Si Olivia faisait partie de ces rares femmes qui avaient une préférence pour leur propre sexe, elle aurait eu une excellente raison de ne pas vouloir se marier et, en même temps, il lui eût été impossible de le reconnaître devant quiconque.

Et si quelqu'un l'avait appris ? Tout homme aurait ressenti comme une trahison intolérable, comme la dernière des insultes, de se voir rejeter pour une autre femme. Et d'autant plus si quelqu'un le découvrait. Était-ce là-dessus qu'avait porté la dispute d'Olivia avec John Barclay ?

— Oh… murmura Melisande, suivant le fil de ses pensées. Inutile d'être aussi délicat avec moi. Je suis au courant de ces choses… chez les femmes comme chez les hommes. Mais je ne me doutais pas que c'était le cas d'Olivia.

Cette fois, le sang lui monta au visage, et il se sentit ridicule. Si Faraday, sans parler de Barclay, savait qu'il avait envisagé une telle hypothèse en présence de Melisande, et plus encore qu'il en avait discuté avec elle, il serait horrifié.

Melisande souriait, une lueur amusée dans les yeux.

— J'aimais beaucoup Olivia, dit-elle. Je me sentais à l'aise en sa compagnie, et tout à fait libre d'être sincère, non seulement vis-à-vis d'elle mais de moi-même. Ce qui n'est pas toujours le cas pour moi. Si je peux supporter de regarder en face la façon brutale dont elle est morte, je peux aussi le faire pour une petite faiblesse humaine sans me détourner égoïstement, non ? Olivia méritait mieux de ma part. L'indignation moralisante est une manière de fuir qui manque de noblesse, vous ne pensez pas ?

Runcorn la regarda, et pendant un instant la pitié et la sincérité qu'il vit sur le visage de la jeune femme la parèrent à ses yeux d'une immense beauté. Avec son imagination limitée et ses jugements simplistes, Faraday n'était qu'un rustre, en tout point indigne d'elle.

Une fois de plus, il se demanda si Melisande savait que Faraday lui aussi avait courtisé Olivia. Devait-il le lui dire ? Ne serait-ce pas une façon infâme et affreusement évidente de tenter de gâcher son bonheur sous prétexte qu'il était jaloux de tout homme qui passerait du temps en sa compagnie, et plus encore de celui qui l'épouserait ? Ou bien était-ce la seule véritable franchise, dans la mesure où Faraday pouvait être impliqué dans la mort d'Olivia ?

Runcorn n'en avait aucune idée. La seule réponse aurait consisté à se renseigner davantage sur Faraday. Quoi dire ensuite ? La vérité, et rien qui ne fût juste. Seule comptait la sécurité de Melisande. Qu'elle apprécie ou non ce que faisait Runcorn, ou que cela plût ou non à Faraday, n'avait aucune importance !

Le visage encore bouillant, il formula sa réponse.

— Je n'aime pas chercher les faiblesses chez les autres, même si celles-ci aident parfois à élucider un crime, mais je ne peux pas me permettre de les ignorer, ni de mentir, à moi-même ou aux autres. J'aurais voulu vous éviter d'avoir à penser à cela.

— Merci, Mr. Runcorn. Mais je ne souhaite pas qu'on me protège de la vie. Je pense que nous risquons de passer à côté de nombre de bonnes choses, et que les mauvaises nous trouvent de toute façon. Ou du moins, l'impression de vide. Je crois que je préférerais manger quelque chose de désagréable de temps à autre plutôt que de mourir de faim à table parce que j'ai eu peur de goûter à un plat. Je vous en prie, découvrez ce qui est arrivé à Olivia.

Sur ces mots, Melisande fit demi-tour et s'éloigna avant que Runcorn ait pu trouver les mots pour lui répondre et lui réitérer sa promesse.

Il n'avait guère d'autre choix que de s'intéresser de près à la vie de Faraday et à son caractère. Il commença là où Miss Mendlicott s'était arrêtée ; recourant à des méthodes conventionnelles, il effectua des recherches sur la période que l'homme avait passée à l'université de Cardiff. Il avait décroché un diplôme d'histoire avec un succès très relatif, bien qu'il n'en ait eu nul besoin pour gagner sa vie. Il avait ensuite voyagé en Europe, où il avait passé un an ou deux dans tous les lieux attendus. Il n'avait vu ni Venise ni Capri, ne s'était jamais aventuré aussi loin qu'Athènes, une ville sur laquelle Runcorn avait lu abondamment et qu'il serait allé voir à la première occasion. Il n'avait pas visité non plus la belle ville de Barcelone, laquelle devait son nom à Hannibal Barca, qui, avant l'époque de Jules César, avait traversé les Alpes avec ses éléphants dans l'intention d'attaquer Rome. C'était une leçon d'histoire qui avait enflammé l'imagination de Runcorn et qu'il n'avait jamais oubliée.

Il ressortit de la bibliothèque de Bangor et repartit dans le vent, l'esprit tourbillonnant. Il venait de plonger dans un monde où les privilèges de classe et l'argent ne permettaient pas d'obtenir la vie enchanteresse qu'il avait supposé leur être liée. Si Faraday avait jamais eu des rêves, ils ne tournaient pas autour de lieux légendaires et de fantômes du passé. Les siens semblaient se résumer à s'attirer la bonne opinion des autres, voire à fonder un foyer et investir dans la génération suivante ce que ses ancêtres lui avaient légué.

Alors que Runcorn marchait vers la gare, il ressentit une triste et étrange proximité avec l'objet de ses investigations. Faraday, la quarantaine passée, ne désirait rien d'autre que la sécurité, la paix, et que les choses restent telles qu'elles étaient.

Runcorn prit le train pour Caernarfon et poursuivit ses recherches. Grâce à sa longue expérience, il savait procéder avec discrétion et obtenir un renseignement en paraissant en demander un autre. Tout ce qu'il apprit sur Faraday lui confirma qu'il était un homme intègre, mais terre à terre, un homme qui avait des préférences, mais non des passions.

Runcorn se rappela alors que c'était justement ainsi que l'avait décrit Monk : un peu mou, manquant de flamme ou de courage pour s'emparer d'autre chose que ce qui était accessible sans risque, un homme qui jamais ne dépassait les limites ni ne s'élançait dans l'inconnu tandis que les ponts s'écroulaient derrière lui. Monk l'avait même méprisé pour cette raison.

Lui-même méprisait-il Faraday ? Curieusement, non. Il éprouvait pour lui de la pitié et avait l'impression de se regarder dans un miroir déformant. Il retrouvait chez lui une part de lui-même : un homme prisonnier des attentes des autres, qui avait trop peur d'être détesté pour s'en tenir à sa propre vision des choses, et pas assez curieux.

Le visage d'une femme était-il capable d'ébranler un homme au point qu'il abandonne son confort et se mette à poursuivre d'impossibles rêves dans l'infini glacé ? Dans ce cas, pourquoi Faraday était-il amoureux avec si peu de passion de Melisande, au lieu de la façon absurde et désespérée de Runcorn ?

Le lendemain, Runcorn resta à Beaumaris, où il continua à poser des questions tout en donnant l'impression de perdre son temps à recueillir des commérages et des bribes d'information concernant le passé dénués d'intérêt.

Afin de paraître plus crédible, il prétendit être venu à Beaumaris dans l'intention d'y acquérir une propriété, s'inventant au passage un frère qui avait réussi dans le commerce.

On lui montra une maison située à proximité de la belle demeure de Faraday, ce qui ajouta peu à ce qu'il savait, mais lui en apprit en revanche davantage sur Newbridge, dont on apercevait la propriété de l'autre côté d'un vallon en pente.

— On ne la voit pas aussi bien pendant l'été, lui fit remarquer l'agent immobilier, un certain Mr. Jenkins.

— Oui. Je comprends ce que vous voulez dire, répliqua Runcorn. L'endroit m'a l'air de convenir. Est-ce qu'il serait en vente, Mr. Jenkins ?

— Oh, non, monsieur ! Cette maison est celle de Mr. Newbridge. Elle appartient à sa famille depuis des années.

— Il doit avoir une grande famille, observa innocemment Runcorn. Un endroit idéal pour les enfants, j'imagine.

— Non, il n'est pas encore marié.

— Fiancé, alors ?

— Pas à ma connaissance, répondit Jenkins, qui avait très envie de conclure une vente. Il a fait la cour à la sœur du pasteur, la pauvre jeune dame qui a été tuée.

Runcorn prit un air sceptique.

— Pensez-vous que Mr. Newbridge serait d'accord pour vendre, si l'offre était intéressante ?

— Non, monsieur, je ne pense pas. L'argent n'est pas tout.

— On dirait qu'il y a beaucoup de terrain pour qu'un homme seul s'en occupe… et pas très bien entretenu, dit Runcorn, face au vent, en scrutant la vallée. Qu'un étranger rachète ces vieilles terres serait-il source de ressentiment ?

— Oui, monsieur, cela se pourrait, répondit Jenkins avec franchise. Les Newbridge sont établis sur l'île depuis la guerre civile. C'est difficile à conserver, une position comme celle-ci, le dernier mâle de la lignée familiale et tout ça… mais il trouvera bientôt la femme qu'il lui faut, et alors des fils prendront la suite.

Runcorn éprouva une soudaine horreur à l'idée du poids d'une telle responsabilité – l'obligation de se marier, le fardeau de l'attente… Trop de gens s'intéressaient aux faits et gestes de Newbridge, l'observant et attendant qu'il mette au monde des fils afin de satisfaire aux exigences de la lignée.

Était-ce pour cette raison que Newbridge appréciait si peu Barclay et avait réagi au refus d'Olivia avec autant de colère que de déception ? Avait-elle dit quelque chose à son sujet qui risquait de lui compliquer la tâche de trouver une épouse décidée et capable d'accepter cette énorme responsabilité ? Newbridge n'avait ni titre, ni fonction héréditaire, ni même une grande fortune – rien qu'un nom de famille et une terre à laquelle le liait l'histoire. Cherchait-il à rivaliser avec d'autres hommes dont il sentait qu'ils avaient davantage à donner, plus de charme, plus d'argent, plus d'espoir d'accéder à une fonction enviable ?

Face à la cruauté de Barclay, voilà qui aurait fait de lui une proie facile…

— Je crois que je vais d'abord prendre contact avec mon frère. Merci, Mr. Jenkins. Je vous tiendrai au courant.

Le soir même, Faraday envoya chercher Runcorn. Le commissaire principal avait l'air fatigué, dépité, et, bien qu'il eût réclamé sa présence, il marchait de long en large devant l'âtre, réticent à aborder le sujet qui les réunissait.

Ils parlèrent de choses insignifiantes. Dehors, la pluie cinglait les carreaux tandis que le vent forcissait et balayait en rugissant la mer Celtique.

Runcorn finit par perdre patience.

— Si vous avez appris du nouveau et que je peux me rendre utile, peut-être allez-vous me dire de quoi il s'agit.

Faraday grimaça devant le manque de politesse de Runcorn, qui, aussitôt, se sentit gauche. Il eut l'abominable impression d'avoir fait quelque chose d'épouvantable qu'il ne comprendrait pas avant qu'il soit trop tard. Melisande aurait honte de lui. Non, c'était absurde. Elle serait peut-être dégoûtée. Mais pour avoir honte, il fallait aimer, ressentir une sorte d'affinité avec celui qui se mettait en faute.

Faraday continuait à faire les cent pas, empêtré dans sa propre impuissance.

— Vous avez suggéré que Miss Costain aurait pu découvrir quelque chose sur sa famille, un secret honteux ou embarrassant, commença-t-il.

Runcorn était malheureux à cette idée, mais sa laideur ne l'infirmait pas pour autant. Redoutant d'avoir visé juste, il revit tout à coup l'expression du visage de Naomi, mélange de force et de lassitude.

— Je l'ai envisagé comme une chose improbable, mais pas impossible, concéda-t-il.

La voix de Faraday était grave.

— Je vous suis reconnaissant de votre compétence professionnelle, et je suis heureux de ne pas avoir à partager le genre d'expérience qui vous a permis de l'acquérir.

Malgré le feu qui flambait, Runcorn éprouva soudain une sensation de froid intense.

— Vous avez reconnu un crime commis avec une haine singulière, poursuivit Faraday. Moi qui supposais que c'était le cas de tous les meurtres, vous m'avez fait comprendre la différence. Je devrais vous être reconnaissant de cela aussi, mais je ne suis pas sûr de l'être.

— Savez-vous autre chose ? Vous ne m'avez pas envoyé chercher par ce temps pour me remercier de vous avoir appris une part de votre travail dont vous n'aurez sans doute plus jamais l'utilité.

Une légère rougeur monta aux joues de Faraday.

— Oui, mais il me faut en apprendre davantage. Mrs. Costain cache une chose dont elle a profondément honte, ou qui en tout cas la terrifie à l'idée que cela puisse se savoir. La sœur de Costain a été massacrée comme une bête. Nous le savons tous, dit Faraday en détournant le regard. Et à présent, il semblerait que sa femme ait commis l'adultère et soit allée concevoir avec un autre l'enfant qu'elle ne lui a jamais donné.

Sa voix s'étrangla d'émotion et, un instant, il fut dans l'incapacité d'articuler un mot. Ses mains puissantes se crispèrent si fort que ses jointures blêmirent.

Runcorn sentit une vague de tristesse l'engloutir à son tour. Était-ce sa soif de liberté qui avait poussé Olivia à s'opposer à Naomi ou le souci de défendre son frère ? Aucun meurtre ne va jamais sans souffrance, et celui-ci peut-être encore plus que la plupart.

Faraday continuait à le fixer, immobile.

— Qu'y a-t-il ? demanda Runcorn.

La voix du commissaire principal se fit proche du murmure, avant de se briser sur le dernier mot.

— Le bébé est mort. Et il semblerait qu'elle l'ait tué.

Runcorn en demeura abasourdi, comme s'il venait de heurter un mur de plein fouet et que le choc lui donnait le vertige. Naomi Costain, avec son visage étrange et puissant… Un enfant illégitime venu sur le tard, qu'elle avait assassiné de ses propres mains… Pourquoi ? Pour cacher sa liaison adultère ? C'était l'évidence même. Mais peut-être l'enfant était-il atteint de malformation, anormal ? Runcorn se surprit à cligner des yeux tandis que sa gorge se serrait de façon inexplicable. Pouvait-on pardonner un tel acte : un enfant sans défense qu'on avait privé de la vie ? Ou auquel on avait épargné de souffrir ? Et si Naomi Costain avait voulu se sauver, elle, échapper à l'humiliation ? Avait-elle été ensuite en butte à un chantage exercé par Olivia ?

— Je ne peux rien faire, dit Runcorn. Pour éclaircir cette affaire, vous aurez besoin de toute votre autorité.

Ce n'était pas de la lâcheté de sa part, même s'il était soulagé de ne pas pouvoir agir officiellement à Anglesey.

— Je vous la délègue, dit alors Faraday d'une voix rauque. Vous voulez bien, n'est-ce pas, Runcorn ? Ces gens sont mes amis, mes voisins… Je ne sais pas du tout comment traiter un tel crime.

Runcorn faillit rappeler à Faraday que c'était lui qui avait découvert cet élément du drame, alors que lui-même ne l'avait pas un instant soupçonné. Lorsqu'il avait parlé avec Naomi, ses compétences professionnelles lui avaient fait entièrement défaut.

Et c'était Faraday, dont il méprisait tant la capacité de jugement, qui avait trouvé la réponse. Faraday, qui allait épouser Melisande.

Runcorn aurait dû se réjouir de constater qu'il n'était pas l'imbécile qu'il avait cru. S'il aimait Melisande, il n'était pas un imbécile.

Cette idée devrait le réconforter, songea-t-il lorsqu'il redescendit au bas de la colline. Le vent soufflait plus fort, tandis que de fins flocons de neige formaient un tourbillon blanc dans l'obscurité.

Durant la nuit, le sentiment qu'il avait de son propre échec ne fit que s'accentuer. Il était arrivé à Anglesey comme un étranger. Il appréciait le grand silence que seuls venaient troubler le vent et l'écho des vagues sur le rivage. Les gens d'ici parlaient avec lenteur, et leur voix avait une intonation musicale, mais il savait qu'il ne faisait que s'imaginer les comprendre. Il s'était trompé sur toute la ligne, non seulement au sujet d'Olivia, qui avait pu faire planer la menace d'une révélation, mais aussi de Naomi, qu'il avait crue si forte, alors qu'elle avait trahi son mari, ensuite son enfant, et enfin Olivia.

Comment Faraday avait-il su ? Naomi avait-elle reconnu quelque chose ? Runcorn ne comptait pas en rester là : trop de questions demeuraient sans réponses et trop de ses propres impressions se révélaient fausses.

Dès qu'il se fut habillé et eut pris son petit déjeuner, il s'en alla sur la route au sol inégal saupoudrée d'une couche de neige fraîche qui crissait sous ses pas. Les monts de Snowdonia scintillaient de blancheur dans le lointain.

Une fois au presbytère, on le laissa entrer sans difficulté, et Naomi vint le rejoindre dans le petit salon où il avait été prié de l'attendre. Il se leva lorsqu'elle entra et referma la porte derrière elle. Elle l'invita à se rasseoir.

— Bonjour, Mr. Runcorn, dit-elle d'un air sombre.

Runcorn fit un effort pour ne rien laisser paraître de son émotion. Sa raideur devait sembler peu naturelle, mais qu'y faire ?

— Bonjour, Mrs. Costain.

Que pouvait-il lui dire qui ne fût pas absurde ? Manifestement, Faraday ne lui avait pas encore parlé. Tout était presque fini pour elle, et elle n'en était pas consciente. D'ici à quelques mois, la femme qui se trouvait devant lui serait sans doute pendue.

— Que puis-je pour vous ? s'enquit-elle. Je n'ai rien de nouveau à vous dire.

Son ton était neutre, poli, et elle paraissait, sinon en paix, en tout cas moins accablée de chagrin que les jours précédents. Commençait-elle à se faire à l'idée du crime ? Refusait-elle de voir ce qu'elle avait fait ou bien était-elle simplement une formidable actrice ?

— Miss Costain avait trois prétendants, à ma connaissance. Mr. Faraday, il y a quelque temps, ensuite, Mr. Newbridge et, plus récemment, Mr. Barclay. Elle les a tous refusés. L'un d'eux avait-il votre préférence ?

— Non, répondit Naomi sans hésiter. Je ne souhaitais pas qu'Olivia se marie autrement que par amour. Une simple affection ne lui aurait jamais suffi. Elle aurait été malheureuse de vivre avec un homme bon mais tiède tel qu'Alan Faraday. Ils l'auraient été tous les deux, car il se serait rendu compte de son incapacité à lui plaire, de sorte qu'il en aurait été à la fois perturbé et blessé. Olivia n'était pas assez sage pour savoir dissimuler ses sentiments. Melisande est plus douce, plus mature. Il est probable qu'elle acceptera l'inévitable, et que si elle verse des larmes de désespoir, ce sera en cachette. En outre, je pense qu'elle a plus de gentillesse qu'Olivia. Elle fera ressortir ce qu'il y a de mieux chez Alan, qui ne saura jamais que ce sera grâce à elle, d'autant plus qu'elle ne le dira pas.

Runcorn fut envahi par une sensation de vide, comme si on venait de l'exiler très loin de la lumière, du feu et du bruit des rires. Il était trop hébété pour lui répondre.

— Newbridge est un brave homme, que je sache, poursuivit Naomi Costain d'un air grave, comme si elle se parlait à elle-même. Mais je ne peux pas dire qu'il me plaise, ce qui me vaut des réprimandes de la part de mon mari. En tout cas, je ne désirais aucunement qu'Olivia l'épouse si elle n'en avait pas envie. Il veut avoir de nombreux enfants afin d'établir de nouveau sa famille. Je ne suis pas certaine qu'Olivia souhaitait être ce genre de femme. Quand on est dévouée à un homme, œuvrer à ses côtés est un plaisir et un privilège, mais quand on ne l'est pas, c'est un emprisonnement, une vie entière passée dans le déni de soi.

Brusquement, Runcorn revit la jeune femme en vert qui était passée près de lui la tête haute, et il fut presque heureux qu'elle ait échappé à une destinée privée d'amour. Puis il s'avisa de ce qu'il était en train de penser, et de ce qui le lui avait suggéré, et il se dégoûta. Qu'étaient devenus ses instincts fondamentaux ?

— Quant à John Barclay, reprit Naomi, Olivia ne l'a pas rejeté, c'est lui qui n'a plus voulu d'elle, de façon soudaine et extrêmement abrupte.

Cette fois, la douleur était perceptible dans sa voix, mais pas la colère à laquelle se serait attendu Runcorn. C'était comme si une vieille blessure se rouvrait, il n'y avait là rien de récent, semblait-il. Encore une fois, il eut la certitude que cette femme lui cachait, et que peut-être elle cachait à tout le monde, quelque chose de plus profond concernant Olivia.

— Connaissait-elle Mr. Barclay avant qu'il lui ait fait la cour tout récemment ? demanda Runcorn avec une soudaine virulence.

La colère traversa son regard.

— Non, répondit Naomi sans hésiter. Pourquoi me posez-vous cette question ?

— Cela paraît... brutal, si ce n'est pas elle qui l'a repoussé.

— Et ça l'était, admit-elle avec une moue. Mais je ne pense pas que John Barclay soit un homme sympathique. Il n'aimait pas Olivia, il la voulait comme un collectionneur veut un beau papillon rare, pour le conserver, et nullement pour son bonheur. Il aurait été ravi de transpercer son corps d'une épingle et d'emprisonner ses couleurs à tout jamais dans la mort.

Runcorn repensa au corps d'Olivia baignant dans son sang devant la tombe et crut un instant qu'il allait vomir.

— Je suis désolée, dit Naomi à voix basse. Je n'aurais pas dû dire une telle chose et je m'en excuse. Peut-être que je ne maîtrise pas mon chagrin aussi bien que je l'imagine. Veuillez me pardonner.

Faraday se trompait, c'était la seule solution. Il restait une réponse plus profonde à découvrir. Peut-être qu'il cherchait aussi à protéger Melisande, dont le frère était un homme manipulateur et cruel. Runcorn savait toutefois que c'était voué à l'échec. Quel que soit l'amour que l'on ressente, couvrir le mal et abandonner un innocent à l'opprobre n'est pas un chemin que l'on puisse emprunter. Car au bout, il n'y a pas de lumière.

— Je vous remercie, Mrs. Costain, dit-il avec douceur. La colère est pareille à un couteau, elle peut être dangereuse quand on ne la maîtrise plus, mais il est parfois nécessaire de trancher dans le vif.

La femme du pasteur écarquilla les yeux d'un air surpris.

— Vous continuez à mener l'enquête, Mr. Runcorn ? Je croyais que vous aviez renoncé. Je suis heureuse de m'être trompée.

L'ombre était toujours là sur son visage, le mensonge auquel elle s'accrochait.

— Oui, je continue, confirma-t-il, sachant que cela, au moins, était vrai.

À contrecœur, Runcorn passa en revue les faits et gestes de Barclay au cours des journées qui avaient précédé la mort d'Olivia. Difficile de rester discret, mais c'était là un talent qu'il s'était forgé tout au long de sa vie professionnelle. Barclay avait manifesté une extrême curiosité à l'égard d'Olivia. Puisqu'il lui faisait la cour, rivalisant en cela avec Newbridge, il était naturel qu'il eût cherché à savoir tout ce qu'il pouvait sur elle.

À mesure que Runcorn posait des questions et entendait divers récits, il lui apparut de plus en plus évident qu'en fait, c'était à Naomi, et non à Olivia, qu'il s'était intéressé, à ses déplacements et à ses dépenses.

Les pensées se bousculaient dans la tête de Runcorn. Qu'avait cherché Barclay ? Il s'était rendu ici à Caernarfon afin de se renseigner sur Naomi Costain, curieux d'heures, de dates, de comportements. Il s'était rendu dans un hôtel, puis dans une église, ce qui l'avait mené ensuite dans un hôpital, puis chez un paisible médecin qui possédait un petit cabinet et demandait des honoraires exorbitants. Inventant une excuse, Runcorn alla voir le Dr Medway et se trouva devant un homme séduisant d'une cinquantaine d'années qui se montra courtois et très réservé.

Était-il possible que Faraday eût raison, en fin de compte ? Toutes les informations qu'il récoltait corroboraient l'existence d'un enfant illégitime. Très vite, Runcorn apprit qu'Olivia était venue voir le médecin avec sa belle-sœur.

Pourquoi l'avait-elle accompagnée ? Naomi était-elle désespérée, ou avait-elle juste besoin d'aide ? Avait-elle fait appel à la seule personne sur terre à laquelle elle n'aurait pas dû accorder sa confiance ?

Mais comment son mari aurait-il pu ne pas le savoir ? Leurs rapports étaient-ils si distants ? Quelle vague de froid, ou quels orages, s'étaient-ils produits dans cette maison à l'époque ?

Cette histoire s'était passée peu de temps après qu'Olivia eut cherché refuge dans l'amitié avec le poète explorateur. Elle désirait vivement partir avec lui en Afrique ou tout autre endroit où il aurait eu l'intention de se rendre. Était-elle restée dans son foyer parce qu'il était impossible à une femme d'aller dans ces parties du monde ? Ne le lui avait-il tout simplement pas proposé ? Ou bien avait-elle estimé de son devoir de rester veiller sur sa belle-sœur en proie à un si grand désarroi, en même temps que sur la vie de l'enfant ?

Et cet enfant, Naomi l'avait quand même tué par la suite.

Mais comment Runcorn avait-il pu ne rien deviner de tout cela ? Et si sa distribution des rôles était erronée ? Peut-être que l'histoire d'amour était celle d'Olivia, et non de Naomi. Oui, l'enfant était celui d'Olivia, et c'était Naomi qui l'avait protégée et continuait à préserver sa mémoire, même après sa mort.

Qu'était-il arrivé à l'enfant ? Tuer un enfant vivant n'était-il pas un plus grand péché que d'avorter ? Un avortement représentait un danger pour la mère, mais pas plus qu'un accouchement.

Runcorn fit demi-tour et repartit dans le vent vers la maison du médecin. Malgré l'heure tardive, il frappa à la porte. Peu lui importait de rater le dernier train et de devoir passer la nuit de ce côté du détroit.

— Oui, Mr. Runcorn ? s'enquit le Dr Medway d'un air intrigué.

Runcorn savait déjà comment il allait s'y prendre.

— J'ai une histoire à vous raconter, annonça-t-il. Et il est nécessaire que vous écoutiez ce que je vais vous dire. Si vous ne vous sentez pas libre de me faire des commentaires, je le comprendrai, mais étant donné que vous connaissez la vérité, vous déciderez s'il est nécessaire que je la sache moi aussi.

Le médecin sourit.

— Dans ce cas, vous feriez mieux d'entrer.

Runcorn s'empressa d'accepter, et, tout en partageant l'excellent souper du Dr Medway au coin du feu, il lui raconta la mort d'Olivia, ce qu'il en avait déduit, de même que ce qu'on en disait et soupçonnait.

— Je vois, dit finalement Medway, ébranlé par l'ampleur du drame. Vous comprendrez qu'il m'est impossible de trahir des confidences. Aussi ne mentionnerai-je aucun nom ni n'en confirmerai.

— Très bien, accepta Runcorn.

Le médecin était d'une extrême pâleur.

— L'enfant est mort peu après sa naissance. Ce qui reste un des échecs les plus déchirants de ma carrière. J'ai pourtant fait mon possible pour le sauver, mais c'était au-delà de mes compétences, et de celles de n'importe qui, je crois. Personne n'est à blâmer, et certainement pas la mère.

Runcorn imagina Olivia pleurant le bébé qu'il lui avait tant coûté de mettre au monde. Peut-être avait-elle réellement aimé Percival. Elle avait renoncé à partir avec lui afin de porter l'enfant et d'accoucher, et pourtant le bébé était mort. À moins que cet homme n'ait pas été digne d'elle, qu'il n'ait cessé de l'aimer passé l'engouement initial. Runcorn préféra s'en tenir à la première hypothèse.

Une chance que Naomi ait été là et qu'elle ne se soit pas retrouvée seule ! Encore aujourd'hui, elle protégeait la mémoire d'Olivia, alors que des hommes à l'esprit étroit et malveillant comme John Barclay prenaient un malin plaisir à la calomnier.

Mais oui ! C'était pour cette raison que Barclay s'était disputé avec Olivia et avait cessé brusquement de lui faire la cour ! La méprisait-il à cause de cette grossesse ? De son point de vue, elle l'avait trompé, lui avait laissé croire qu'elle était une femme qu'il pouvait épouser. Olivia le lui avait-elle avoué ? Ou, s'il l'avait découvert par lui-même, aurait-elle pu accepter sa proposition ? Non. Et Newbridge, le savait-il ? S'imaginait-il, l'arrogant, qu'elle avait l'intention de le piéger ?

À supposer que Newbridge ait été au courant, était-ce ce qui expliquait que, lui aussi, avait apparemment perdu tout intérêt pour Olivia ?

Rien cependant ne laissait penser qu'il eût soupçonné quoi que ce soit. Runcorn n'avait trouvé aucune trace de lui au cours de son enquête sur Naomi. S'il l'avait su, était-il possible que ce soit Barclay qui le lui ait dit ?

Pourquoi ? Il aurait pu laisser Newbridge épouser Olivia et le lui dire après coup. Il aurait trouvé là une savoureuse revanche…

Mais une revanche sur qui ? Newbridge, qu'Olivia avait repoussé. Runcorn en avait appris suffisamment sur la bonne société pour comprendre que, si cela était arrivé, Barclay lui-même aurait pu souffrir d'un certain ostracisme. On aurait resserré les rangs autour de Newbridge afin de le protéger, du moins ici à Anglesey. Mais la nouvelle aurait eu tôt fait de se répandre. Faraday, qui bientôt deviendrait le beau-frère de Barclay, aurait considéré cela comme une trahison lui aussi et en aurait conçu du mépris pour Barclay.

Cependant, si Barclay avait mis Newbridge au courant, avant qu'il ne fût trop tard, ce dernier aurait pu y voir le geste d'un ami. Qu'en aurait pensé Melisande ? Runcorn ne savait trop. À ses yeux, il s'agissait d'un acte de cruauté qu'il jugeait répugnant, mais il avait découvert tant de traits communs entre Melisande et Olivia… La même solitude, les rêves qui jamais ne pourraient se réaliser, le désir de quelque chose de plus que la soumission quotidienne aux exigences des êtres qui les aimaient, les protégeaient et les emprisonnaient en échouant à les comprendre…

À moins que ce ne fût lui qui ne comprît pas vraiment. Qui ne confondît romantisme et réalité.

D'ailleurs, il n'était toujours pas plus près de prouver qui avait haineusement assassiné Olivia avec un couteau à découper pour avoir été dupé. Le coupable était-il Barclay ? Newbridge ? Runcorn avait très peur que ce ne fût Barclay, et qu'une telle révélation ne blessât profondément Melisande. Peut-être même cela empêcherait-il son mariage avec Faraday, ou avec tout homme susceptible de la rendre heureuse et de la protéger.

Que pouvait faire Runcorn pour prouver l'innocence de Barclay sans pour autant ruiner la réputation d'Olivia et infliger une profonde blessure à ceux qui l'avaient aimée ? Impossible ce faisant de passer sous silence sa cruauté aussi intéressée que repoussante.

Il allait reprendre chaque détail concernant Barclay. Il serait peut-être possible de prouver qu'il n'avait pas pu prendre le couteau à la cuisine et suivre Olivia jusqu'au cimetière… ou bien qu'il n'avait pas pu rentrer se changer et se débarrasser de ses vêtements sans que quelqu'un s'en soit aperçu ! Et s'il arrivait à démontrer qu'aucun vêtement ne manquait ? Ce serait long et fastidieux, mais pas impossible, si le bien de Melisande l'exigeait.

Bien qu'on ne fût plus qu'à trois jours de Noël, on ne sentait dans l'air aucune excitation, ni cris de « Joyeux Noël ! » ni éclats de rire. L'odeur même de la fête était emportée par le vent.

Runcorn passa deux jours laborieux et misérables à établir que Barclay avait acquis une connaissance suffisante de l'histoire pour en tirer des conclusions qui ne pouvaient être démenties par les faits. Deux jours avant la mort d'Olivia, il avait parlé à Newbridge en tête à tête, et juste après, ce dernier avait été vu, livide, dans une rage telle qu'il paraissait ne pas se rendre compte de la présence de ceux qui l'entouraient.

Runcorn se sentait de plus en plus écœuré à chaque nouvel élément d'information qu'il recueillait. C'était comme si Barclay avait tué Olivia et s'appliquait à faire croire que Newbridge était le coupable.

Le soir venu, il alla retrouver Faraday.

Le commissaire principal était furieux et mal à l'aise.

— Vous avez enquêté sur John Barclay, attaqua-t-il dès que Runcorn eut refermé la porte. Pour l'amour du ciel, si vous estimiez devoir le faire, n'auriez-vous pas pu vous montrer plus prudent ? Je vous ai dit qu'il avait découvert le secret de Mrs. Costain, mais je ne m'attendais pas à ce que vous marchiez dans ses pas, et certainement pas pour finir par insinuer qu'il était impliqué dans cette histoire ! À cette époque, il n'était même encore jamais venu à Anglesey ! Avez-vous perdu l'esprit ?

Runcorn était étonné. Avait-il été d'une telle maladresse que Barclay savait déjà qu'il s'intéressait à lui de près ? Apparemment. Ou bien cet homme se sentait-il coupable, et passait-il son temps à regarder par-dessus son épaule ?

Il raconta sans détour à Faraday ce qu'il avait appris.

Lorsqu'il eut terminé, Faraday le dévisagea. Le peu de couleurs qu'il lui restait s'était retiré de son visage.

— Vous êtes certain de ce que vous avancez là, Runcorn ?

— Je suis certain de tout ce que je viens de vous dire. En revanche, je ne suis pas sûr de ce que cela signifie.

— Cela signifie que nous connaissons désormais la raison pour laquelle la pauvre Olivia a été tuée, rétorqua Faraday d'un ton sec.

Runcorn se tenait là, malheureux, transi de froid, privé qu'il était de la chaleur du feu dont seul profitait Faraday.

— Certes, mais par Newbridge ou par Barclay ?

— À vous de le découvrir. Et cette fois, pour l'amour du ciel, soyez discret !

Le lendemain matin, Runcorn sortit de bonne heure, prêt à recommencer. Le sol gelé était dur comme la pierre et l'herbe des talus blanchie par le givre. Malgré le temps glacial, Melisande l'attendait au bout de la route. Runcorn ne la reconnut pas immédiatement ; la cape dans laquelle elle était emmitouflée dissimulait ses contours et masquait son visage. Elle semblait perdue dans la contemplation de la mer, mais, dès qu'elle entendit ses bottes crisser sur la glace, elle se tourna vers lui.

— Bonjour, Mr. Runcorn.

Même en si peu de mots, la peur transparaissait dans sa voix.

Runcorn sentit l'émotion lui tordre les entrailles, avec plus d'intensité encore qu'auparavant.

— Bonjour, Mrs. Ewart.

Lui demander si elle l'attendait eût été grotesque. Dans ce froid pénétrant, elle n'avait aucune autre raison d'être là. Il scruta son regard, assombri et affolé.

Melisande alla droit au but. Elle tremblait de froid.

— Alan m'a appris qu'il avait découvert pour quelle raison Mr. Newbridge avait abandonné Olivia de manière aussi précipitée et pourquoi John avait cessé à son tour de lui faire la cour. Je crois qu'il vous l'a dit aussi, non ?

Ce n'était pas vraiment une question, et sa déception semblait profonde.

Runcorn faillit alors lui expliquer que c'était lui, et non Faraday, qui avait découvert la vérité. Cependant, il préférait ne rien dire tant qu'il n'aurait pas apporté la preuve que ce n'était pas Barclay qui avait tué Olivia, mais Newbridge. Il respira à fond et se rendit compte qu'une telle explication n'aurait servi qu'à lui. Ce n'était pas tant l'inquiétude de Melisande qu'il désirait soulager, que la sienne, parce qu'elle pensait qu'il l'avait laissée tomber. Il voulait que Melisande ait une bonne opinion de lui. C'était de la vanité et, surtout, de l'égoïsme.

C'était pour cette raison même que Faraday s'était attribué le crédit de cette découverte : il avait besoin que Melisande le croie plus malin qu'il ne l'était.

— En effet, déclara Runcorn. L'enfant était celui d'Olivia. Il est mort presque aussitôt, de sorte qu'elle n'a pas eu besoin d'en informer qui que ce soit. Et peut-être que le deuil lui semblait plus facile à supporter si personne d'autre n'en parlait.

Les yeux de Melisande se remplirent de larmes. Elle fit un effort pour parler, mais en vain. La compassion qu'elle éprouvait pour Olivia était si intense qu'elle repoussait sa peur de voir accuser Barclay. Pendant quelques instants, ils restèrent là dans le froid glacial et la lumière matinale de plus en plus vive, dominés par le même chagrin. Le soleil scintillait sur le givre, comme si les hautes herbes étaient incrustées de diamants. Au loin, la mer était d'un calme plat, sa surface ridée seulement par les courants et les petits ébouriffements de la brise, pareille à la trame d'une soie.

— Si seulement je l'avais su ! finit par dire Melisande. J'aurais au moins pu lui expliquer que ça ne changeait rien pour moi. Elle a dû se sentir si seule…

— Elle n'était pas si seule, corrigea doucement Runcorn. Naomi a toujours été présente à ses côtés.

Melisande se tourna vers lui, une lueur d'espoir brillant dans ses yeux.

— C'est vrai ? Je vous en prie, ne me dites pas cela pour me consoler si ce n'est pas vrai. Dites-moi toujours la vérité, s'il vous plaît. J'ai besoin qu'au moins une personne ne me mente pas, fût-ce par gentillesse.

— Je ne vous mentirai pas, promit Runcorn sans réfléchir, prêt à lui promettre n'importe quoi. Naomi n'a jamais abandonné Olivia.

Melisande esquissa un sourire, puis une douce tristesse gagna son visage, plus beau à ses yeux que le soleil radieux.

— Merci, dit-elle avec sincérité. Il faut que je m'en aille, avant qu'on se demande pourquoi ma promenade matinale dure si longtemps. Je vous en prie… n'arrêtez pas vos recherches. Il est trop tard pour cacher quoi que ce soit.

Et, sans attendre sa réponse, elle s'éloigna à pas pressés vers le haut de la colline et rentra dans la grande maison.

Runcorn se mit aussitôt au travail. Il détestait Barclay et le méprisait pour ce qu'il avait apparemment fait à Olivia et à Newbridge ; néanmoins, il tenait à prouver sans que subsiste l'ombre d'un doute qu'il n'était pas coupable de meurtre sur le plan légal, même s'il l'était moralement. Ce qui posait un autre problème pour lequel la loi ne disposait d'aucune réponse.

Étant donné qu'il connaissait la date de naissance de l'enfant, il lui suffisait de remonter neuf mois auparavant. Il avait déjà acquis la conviction que Costain n'avait rien su. Son impatience à marier Olivia, d'abord à Faraday, ensuite à Newbridge et enfin à Barclay, l'indiquait assez… ou alors il était d'une insensibilité incroyable. Runcorn était sûr que la première hypothèse était la bonne.

Cependant, il allait interroger encore une fois Naomi.

Elle le reçut dans une petite pièce du presbytère, un endroit paisible au rez-de-chaussée, rempli de gants de jardinage, de sécateurs, de bottes et de paniers destinés à transporter les fleurs coupées et les plantes. Elle était en train de disposer dans une coupe des feuilles de houx aux baies couleur de sang, des petits oignons dorés et des branches à feuillage persistant que Runcorn aurait été incapable de nommer. Certaines feuilles avaient la couleur du vin, et la coupe scintillait de violet, de vert, d'or et de rouge. Il admira la composition. Il s'en dégageait une réelle chaleur, comme pour proclamer l'espoir et l'abondance au cœur de cette saison ténébreuse.

Il ne perdit pas de temps en tergiversations.

— Savez-vous qui était le père de l'enfant d'Olivia, Mrs. Costain ?

— Oui, répondit-elle simplement. Mais ce n'est pas quelqu'un que vous connaissez, et comme je n'ai aucune envie de lui briser le cœur ou de ruiner sa réputation, il est inutile que vous cherchiez à savoir de qui il s'agit. Il n'a jamais su qu'Olivia portait son enfant, et il est aujourd'hui trop loin pour avoir joué un rôle quelconque dans sa mort.

— Percival, je suppose, conclut Runcorn. Je ne pensais pas que c'était Mr. Newbridge, mais j'avais besoin d'en être sûr.

— Newbridge ? s'exclama Naomi d'un air étonné, presque amusé. Dieu du ciel, non ! Qu'est-ce qui vous a fait croire cela ?

— Vous en êtes absolument certaine ? insista Runcorn.

— Absolument, dit-elle avec assurance. Mais si vous en doutez, vous pouvez en avoir la preuve. À cette époque, Newbridge était en Angleterre, dans le Wiltshire, je crois. En tout cas, à des kilomètres d'ici ! Il séjournait chez sa sœur, en vue d'acheter du bétail ou quelque chose de ce genre. Il était alors plus soucieux d'améliorer son cheptel que de trouver une épouse !

— Quel genre d'homme était Percival ? demanda Runcorn, tandis qu'une autre idée faisait son chemin dans son esprit.

Naomi Costain sourit, puis elle disposa un dernier oignon doré de manière à équilibrer les nuances de lumière et d'ombre dans sa composition.

— Je n'ai jamais pensé à utiliser les oignons de cette façon, observa Runcorn.

— On se débrouille avec ce qu'on a, rétorqua Naomi. Et puis, les oignons se conservent très bien… Comment il était ? Drôle, débordant d'idées, doté d'une imagination qui pouvait vous faire rire et pleurer en même temps. Il n'était pas particulièrement beau, mais son visage avait quelque chose d'unique, et son sourire illuminait son regard en vous donnant l'impression que vous auriez pu survivre à tout tant qu'il vous témoignerait de l'affection.

— En avait-il pour Olivia ?

Runcorn n'avait pas envie d'entendre répondre par la négative. Néanmoins, si c'était la vérité, il devait le savoir.

Naomi détourna le regard.

— Oh ! oui, autant qu'elle en avait pour lui, je pense ! Mais il était jeune, pauvre et rêveur. Il se serait passé des années avant qu'il puisse se permettre de l'épouser – s'il l'avait jamais pu ! Et il n'était pas un parti convenable pour une fille du milieu d'Olivia. Mon mari cherchait pour elle beaucoup mieux qu'un vagabond sans le sou ! Ma belle-mère était une lady. Sans fortune, mais dont la lignée remontait au temps des Normands, précisa-t-elle en soupirant. Ce qui est un peu absurde, étant donné que, si l'on y réfléchit, nous sommes tous les descendants d'Ève, sans quoi nous ne serions pas là. Je me fiche pas mal de savoir qui étaient mes ancêtres, je ne me préoccupe que de ce que je suis, parce que je peux y faire quelque chose.

Runcorn la regarda dans les yeux.

Naomi Costain soutint son regard.

— Est-ce que vous me demandez si Olivia aurait pu ou voulu l'épouser ? Certainement, mais il a eu le bon sens de ne pas le lui demander. Newbridge l'a fait, lui, et elle a refusé. Avec gentillesse, j'espère.

Les choses étaient aussi claires qu'elles le seraient jamais. Newbridge avait offert tout ce qu'il avait à Olivia, et elle l'avait repoussé. Après quoi, John Barclay lui avait raconté qu'elle avait accepté de coucher avec un explorateur qui ne possédait ni terres ni famille, et de porter son enfant illégitime. Newbridge avait dû prendre la chose comme une terrible insulte, non seulement une insulte à son amour, mais à toute sa lignée, ses valeurs et sa virilité. Il ne restait plus qu'à déterminer avec précision quels avaient été ses faits et gestes le soir de la mort d'Olivia, peut-être même à retrouver le couteau, ou prouver qu'il avait disparu, ou les vêtements qu'il avait portés, et probablement détruits.

C'était là des choses à la portée de Faraday. Runcorn remercia Naomi et s'en alla. L'air était si froid qu'il lui piquait la peau, le souffle du vent pareil à de la glace dans les plis de son écharpe.

Faraday mena des recherches et découvrit les derniers éléments, comme Runcorn l'avait suggéré. Le couteau était caché dans une des granges. Il fallut pour cela un soin infini, mais on retrouva des traces de sang, et Trimby confirma que la forme de la lame correspondait à la blessure qu'il avait constatée. Preuve encore plus incriminante, ils retrouvèrent les cendres du vêtement que Newbridge avait porté ce soir-là. Ce qu'il en restait n'était pas suffisant pour l'identifier, mais le costume en question avait disparu, et Newbridge ne put fournir aucune explication à son absence. Il aurait pu prétendre l'avoir donné à quelqu'un, mais qui l'aurait confirmé ? La vérité était d'une clarté à la fois terrifiante et déchirante.

En milieu de matinée, Newbridge fut arrêté et emmené au commissariat de Bangor. Faraday s'adressa aux journalistes et à la foule qui attendaient dehors, expliquant de façon concise et digne que l'enquête était close et que la justice suivrait son cours. La vérité serait révélée au tribunal en temps voulu. Pour l'heure, la solution était simple, et il parla au nom de la famille d'Olivia et de tous les habitants d'Anglesey lorsqu'il leur rappela que le lendemain était le jour de Noël. Il leur demanda du répit afin que tous puissent, un bref moment, commémorer cette période de l'année en célébrant la naissance du Christ, à laquelle était lié l'espoir du pardon et du renouveau dans le monde.

Runcorn, qui se tenait au milieu des badauds, ressentit avec gratitude qu'on avait atteint une sorte de résolution, et que la guérison et la justice viendraient plus tard. L'admiration que suscitait Faraday était palpable, un nouveau respect à l'égard d'autre chose que sa fonction – de l'homme qu'il était, de la patience et du talent dont il avait fait preuve. Les gens croyaient en lui. Ils n'oublieraient pas cette affaire, la plus horrible que connaîtrait jamais l'île d'Anglesey.

À aucun moment, Faraday ne mentionna le nom de Runcorn, ni ne suggéra qu'il avait été celui qui avait trouvé la solution.

Runcorn se dégagea de la foule et s'éloigna vers le bord du rivage. Sous le soleil, très bas à l'ouest, la grande travée du pont se découpait en noir sur le ciel et les couleurs flamboyantes de l'eau peintes par le couchant.

Il allait partir. Désormais, Melisande était aussi en sécurité qu'il pouvait l'espérer. Barclay était un homme superficiel et manipulateur à la cruauté innée, mais Faraday la protégerait du pire. C'était le mieux qu'il pût espérer. En tout cas, Faraday n'aurait plus à faire ses preuves. Sa réussite étant désormais flagrante, Barclay se retiendrait de le critiquer. Runcorn ne pouvait guère faire autrement que donner sa bénédiction à ce mariage.

Le vent qui le piquait l'obligea à cligner des yeux. Il refusait d'admettre qu'il pleurait. Mais en même temps, il souriait. C'était lui qui avait résolu cette affaire, lui qui avait veillé à ce que justice soit rendue à Olivia et assuré une certaine sécurité à Melisande. Elle ne saurait jamais que Faraday n'avait été ni aussi perspicace ni aussi brillant qu'il le laissait croire.

Runcorn n'était qu'un second violon, il ne serait jamais le premier, néanmoins il avait joué la plus belle des mélodies. Il s'était autorisé pour la première fois à se laisser guider par ses émotions. Cette terre immense avec ses eaux limpides, sa lumière et son horizon au-delà des rêves avaient fait de lui un homme meilleur. Il n'avait besoin de personne pour le rassurer sur ce point. Il emporterait cela avec lui, un plus beau cadeau de Noël que ne sauraient l'être toutes les richesses, les nourritures, les couleurs ou les réjouissances.

— Mr. Runcorn…

Lentement, il se retourna. Melisande se tenait derrière lui sur le quai, les cheveux au vent, le soleil couchant illuminant son visage. Runcorn sentit sa gorge se serrer, ses belles résolutions balayées en un instant.

— Merci, dit-elle tout bas, les joues plus brûlantes que le feu qui se reflétait sur l'eau. Je sais que c'est vous qui avez découvert qui a tué Olivia et pourquoi. Et je connais suffisamment mon frère pour deviner le rôle qu'il a joué dans cette histoire. J'ai cessé depuis longtemps de croire qu'il était une belle âme, mais je vous suis reconnaissante d'avoir voulu me protéger en m'empêchant de mesurer l'ampleur de sa cruauté.

Runcorn ne trouvait toujours rien à répondre. Il aurait voulu lui dire qu'il l'aimait, qu'il l'aimerait toujours, qu'aucune concession à sa fierté et à son ambition ne serait un prix trop élevé s'il s'agissait de son bonheur. Mais cela n'aurait fait que l'embarrasser et l'aurait privé du lien d'amitié qui les unissait encore et qu'il pourrait conserver dans son cœur.

— C'est vous qui avez donné tous les éléments à Alan, n'est-ce pas ? demanda Melisande.

Il ne répondrait pas. C'était une ultime tentation, et il refusa d'y succomber.

— Il sera un bon policier, dit-il en lui souriant.

— Je l'espère. Je crois que c'est important pour lui. Mais il n'est pas aussi expérimenté que vous, et il n'y aura sans doute jamais une autre affaire comme celle-ci.

Elle soupira.

— Et il n'est pas un homme aussi bon que vous. La vérité représente moins à ses yeux, il ne la recherche pas pour elle-même.

Runcorn sentit ses joues s'embraser. De sa vie, jamais il n'oublierait cet instant. Désormais, il s'efforcerait d'être l'homme que Melisande disait voir en lui. Il aurait voulu lui faire comprendre quel cadeau elle lui faisait là, qu'un feu intérieur le brûlait, illuminant le moindre de ses désirs et de ses pensées, mais aucun mot ne lui paraissait assez noble, assez gracieux ou expressif pour traduire ce qu'il ressentait.

— Mr. Runcorn, reprit Melisande avec une pointe d'impatience. Faut-il que je vous demande si vous m'aimez ? C'est si indigne pour une femme.

Il demeura stupéfait. Elle savait. Tout le soin qu'il avait mis à dissimuler son amour, tous ses efforts pour se comporter avec dignité n'avaient servi à rien.

— Oui, avoua-t-il, embarrassé. Naturellement. Mais…

— Mais vous ne voulez pas d'une épouse ?

— Si ! Oh, si… Mais…

Runcorn était paralysé. Tout cela ne paraissait pas possible…

Melisande baissa les yeux, puis elle se détourna et s'éloigna d'une démarche lente.

Il fit un pas pour la rattraper, puis un autre, lui prit doucement le bras et ne le lâcha plus.

— Si, je le voudrais bien, mais je ne pourrais pas me marier avec une autre femme. Chaque fois que je la regarderais, je regretterais qu'elle ne soit pas vous. Je n'avais encore jamais aimé quelqu'un auparavant… et je n'en serai pas capable une seconde fois.

— Ce ne sera pas nécessaire, Mr. Runcorn, dit-elle dans un sourire. Une fois suffira. Si vous avez la bonté de me demander en mariage, ma réponse sera oui.

Du même auteur
aux Éditions 10/18

À L'OMBRE DE LA GUILLOTINE, n° 3690

SÉRIE « Petits crimes de Noël »
LA DISPARUE DE NOËL, n° 3858
LE VOYAGEUR DE NOËL, n° 3961
LA DÉTECTIVE DE NOËL, n° 4068
LE SECRET DE NOËL, n° 4174
► LA PROMESSE DE NOËL, n° 4279

SÉRIE « Charlotte et Thomas Pitt »
L'ÉTRANGLEUR DE CATER STREET, n° 2852
LE MYSTÈRE DE CALLENDER SQUARE, n° 2853
LE CRIME DE PARAGON WALK, n° 2877
RESURRECTION ROW, n° 2943
RUTLAND PLACE, n° 2979
LE CADAVRE DE BLUEGATE FIELDS, n° 3041
MORT À DEVIL'S ACRE, n° 3092
MEURTRES À CARDINGTON CRESCENT, n° 3196
SILENCE À HANOVER CLOSE, n° 3255
L'ÉGORGEUR DE WESTMINSTER BRIDGE, n° 3326
L'INCENDIAIRE DE HIGHGATE, n° 3370
BELGRAVE SQUARE, n° 3438
LE CRUCIFIÉ DE FARRIERS' LANE, n° 3500
LE BOURREAU DE HYDE PARK, n° 3542
TRAITORS GATE, n° 3605
PENTECOST ALLEY, n° 3665
ASHWORTH HALL, n° 3743
BRUNSWICK GARDENS, n° 3823
BEDFORD SQUARE, n° 3884
HALF MOON STREET, n° 3948
LA CONSPIRATION DE WHITECHAPEL, n° 3987
SOUTHAMPTON ROW, n° 4029
SEVEN DIALS, n° 4086
LONG SPOON LANE, n° 4111
BUCKINGHAM PALACE GARDENS, n° 4227

Série « Wiliam Monk »

Un étranger dans le miroir, n° 2978
Un deuil dangereux, n° 3063
Défense et trahison, n° 3100
Vocation fatale, n° 3155
Des âmes noires, n° 3224
La marque de Caïn, n° 3300
Scandale et calomnie, n° 3346
Un cri étranglé, n° 3400
Mariage impossible, n° 3468
Passé sous silence, n° 3521
Esclaves du passé, n° 3567
Funérailles en bleu, n° 3640
Mort d'un étranger, n° 3697
Meurtres sur les docks, n° 3794
Meurtres souterrains, n° 3917
Mémoire coupable, n° 4230

Série « Joseph et Matthew Reavley »

Avant la tourmente, n° 3761
Le temps des armes, n° 3863
Les anges des ténèbres, n° 4009
Les tranchées de la haine, n° 4024
À la mémoire des morts, n° 4140

N° d'édition : 4203
Dépôt légal : novembre 2009
Imprimé en Espagne par Liberdúplex